读诗

土地上的铁

2018年 第二卷（总第35卷）

主编：潘洗尘

编委：叶永青 朵渔 巫昂 宋琳 赵野 树才 莫非
耿占春 桑克 雷平阳 潘洗尘（以姓氏笔画为序）

长江出版传媒
长江文艺出版社

图书在版编目（ＣＩＰ）数据

读诗·土地上的铁 / 潘洗尘主编. -- 武汉：长江
文艺出版社，2018.7
ISBN 978-7-5702-0464-9

Ⅰ.①读… Ⅱ.①潘… Ⅲ.①诗集 – 中国—当代
Ⅳ.①I227

中国版本图书馆CIP数据核字(2018)第106281号

责任编辑：沉 河　胡 璇　　　　责任校对：陈 琪
封面设计：天问文化传播机构　　　责任印制：邱 莉　王光兴

出版：长江出版传媒　　长江文艺出版社
地址：武汉市雄楚大街268号　　邮编：430070
发行：长江文艺出版社
电话：027—87679360
http://www.cjlap.com
印刷：哈尔滨经典印业有限公司

开本：720毫米×1020毫米　　1/16　印张14.75
版次：2018年7月第1版　　2018年7月第1次印刷
行数：7516行

定价：39.00元

目录

黑马河草原的一只花栗鼠

唐欣

冬天的河

认识他的人　要是看见他
出现在北京以北的这片
田野　可能会有点奇怪的
但是原因　他并不想透露

星期天的上午　沿着汽车
飞驰的马路　他打听温榆河
没人知道　他修改为河边
人们告诉他　就在前面不远

说是不远　可也不近　走了一小时
终于到了　但河水已结冰
其实　这河叫温榆河　潮白河

甚至永定河　都无所谓

那他就站在河岸　吹着风
也就一小会儿　又踏上归程
回去的路变得很漫长
他只好拦了一辆出租车

童年的黄昏

天都要黑了　他还独自
坐在沙堆上　一只手
在腿上敲打　另一只手
在腿上平搓　这个简单的

游戏　他乐此不疲

系鞋带很难吗　可是他却
怎么也学不会　但他有本事
把皮鞋穿成了拖鞋　他的
鼻涕虫的时代　丢掉了
多少块手绢呀　因此他
在当地　还是颇有点名气的

学生们的头发

借着监考　他巡视了教室
一共六十七个脑袋　女生
或者披散着　或者扎起来
全是长发　无一例外
而男生　要么小分头
要么时兴的莫希干式
全是短发　无一例外
当然　这并不等于
他就差不多　也知道了
这些头发下面的思想
本来也想检查一下鞋子的
但那还得折腰　就算了

小小的果仁

蹲在厨房的地板上
用榔头　敲打着松子
为那么小的果仁
费了这么大的劲儿　唉
与之类似　两小时之后
来到邮局　排着长队

有点抱歉　当然
也带些尴尬
他终于领到了
微薄的稿费

挖土豆的少年

这根藤下面想必有些名堂
果然　他挖出来两颗土豆
挺乐的　但不能就此罢休
接着从旁边　又挖出一颗　嘿嘿
也还没有完　继续往下　找到了
哈哈　最大的家伙　原来藏在
这儿呢　沉甸甸的　你好土豆
你真该感谢我　不然　谁会知道
你悄悄长了　这么大的个头呢
反过来　他也老有个愿望　但从未
付诸实施　就是往土里面埋东西
随便什么吧　肯定有意思
他想送给　另一个不认识的人
一点小小的惊喜

与天真的人擦肩而过

哦　这样的呀
她瞪大了眼睛
甚至张大了嘴
她真的有这么傻么

身为教师　还真难判断
她的语文　究竟算是好
还是不好　她的信里

有太多的省略号

她邀请他同去图书馆
这里面还有别的意思吗
可是他既没有前去赴约
也没做任何答复

知道她再不会来信
但他每周还是照例
打开空空的信箱
以确认奇迹没有发生

看小说的青年人

横穿戈壁的长途慢车
坐满了没有急事的乘客
上铺的小孩一直在睡觉
下铺的老头不停地吃东西
而他读着一本侦探小说
手边只有半瓶矿泉水
能看到车头喷吐的白烟
牛羊在远方　云朵则近在眼前
经过的小站　有妇女在卖鸡蛋
年老的的员工　摇着信号旗
不知道为什么　好像总在停车
要过很久　才又开动起来
河西走廊　干燥的风直接
从窗外进来　阳光是颗粒状的
那是在多年以前　他还有
无限的时间可以挥霍

下雨的早晨

天还没亮，听窗外的雨声
紧盯着手表的秒针
他数着自己的脉搏

在纸上磨着圆珠笔
用手指搓着太阳穴
没有信要写　没有皮鞋
可擦　他穿一件毛背心

有什么意义　有什么意义
哈姆雷特王子太年轻了
这是不能问的
也是没法答的

凌晨五点在床上邂逅
他本人　已经很久不见了
没有什么话可说　只能
打个招呼　你好　傻瓜

年迈的母亲

带着母亲去医院看病
老太太一头银发　脸色通红
神情像刚入学的小学生

听到儿子和孙女用四川话
争论　她笑出了眼泪　故乡的
方言　她早已经不会说了

很多东西都忘了　只有
对晚辈的爱　不变　大概
那已经成了本能

和身体的习惯

甘南

沿未竣工的山路穿越隧道
好像行驶在云海之上
一场突然的暴雨冲洗着车窗
紧接着又变成炫目的阳光

低垂的天空旁边　草地上
留有牦牛巨大的骨架
无数的蚊蝇在飞　提示
这里原是上帝的剧场

阿富汗人喜欢说　群山
是我的人民　而他站在
青藏高原　东麓的群山
之上　只感到自己是
山上的一棵小草　当然
是会思想的小草

在牙科诊所

小腿粗壮的女人　负责
口腔里面的装修工程
跟泥瓦匠差不多
神经密布的区域
钻头在前进
像是受刑的革命者
他发出压抑的惨叫
牙医停下来　批评说
唉　你也太敏感了吧

黑马河草原的一只花栗鼠

正独自面对青海湖
眺望升起的朝阳
却蓦然发现脚下
不远处　一只小花栗鼠
也在草地上的洞口
探头注视着远方
那么小的　它的心脏
也同样跳着吧　但它一动
不动　他也只好一动不动
很长时间　直到晨风吹来
让他忍不住打了一个喷嚏
花栗鼠脑袋一缩　飞快地
钻进了地洞　有点抱歉
却也无从表达　花栗鼠
多半不会记得他　可他
肯定忘不了这小家伙

养老院里的客人

命运女神有时也喜欢
开玩笑的安排　既然没有
招待所　来参加比赛的
他和学生们只好住进了
此间的一家养老院
也不错　提前体验一下
未来　还不算贵　像某个
宾馆　也确实跟住宾馆
差不多　虽然几乎没有
什么服务　倒是安静
暖气烧得很热
就是伙食挺清淡的
不知是不是这个原因

结果他们的战绩
排在了最后一名

国际大学

位于北京以北　偌大的校园
看不见几个人　树叶落光
枝干上　只剩下孤独的鸟窝
积雪已经结冰　风像刀子
偶然莅临的几个人　瑟瑟发抖
根据介绍　这里的教学楼
是仿剑桥大学的　果然气派
行政办公楼则是　照搬的
莫斯科大学　还真的挺像
至于图书馆么　注意心脏
应该想到的　当然　哈佛大学
这么厉害呀　他们小心翼翼地
走在满地的冰溜子上　在这儿
要是栽个跟头　岂不就成了
世界意义的跟头了

黑眼圈的女人

那次讲座并无异样
他的后脑勺照例翘起
一撮头发　老念错的字
还是念错　端着的玻璃杯
里面的茶也是　过去的颜色
来的都是陌生人　但是
其中有一位　黑眼圈的
女人　令人难忘　她并不
漂亮　也没有说过话

其实　别的也都忘了
就记得她的黑眼圈

新年的前一天

上午先去学校　开了个会
介绍网络教育的　有点像
传销组织活动　他早退了
再去图书馆　还了五本书
又借了七本　中午的餐厅
因为日子特殊　多发了
一根香蕉　下午是监考
他坐在后排　一直在翻
奈保尔的小说《河湾》
回家的公交车上　旁边
坐一个傻瓜　问他去过
尼泊尔没有　他摇头　转脸
向着窗外　妻子还在加班
他独自喝着稀饭　在电视里的
音乐会伴奏下　他洗了个澡
刮了胡子　拖地　擦桌子
还特意把垃圾　扔到了外面
都和去年一样　但他又出门
多进行了一个项目　理发

小城里的大师

途经戈壁滩上的一座小城
朋友接风　请到了当地大人物
他总算见到了传说中的教主
倒并没有　想象中的威严
而是略带羞涩　甚至还结巴

原来是位故人　名字叫不上来
却挺脸熟　大学时的一位师弟
过去默默无闻　在这遥远的地方
居然以高原植物命名　创了一门
神秘气功　已经有很多人信奉

养狗者与不养狗者的区别

轩辕轼轲

大地的屏保

车窗外
农民在大地上耕种
这个屏保
已经存在了
几千年
用咔嚓声
一划
就能露出下面
如同碎屏的
兵荒马乱

成吉思汗的部队没有粮草官

每个人都要
自备干粮
牛肉干
羊肉干
奶酪干
压缩饼干
只有马是湿的
它只有不停奔跑
才能避免
倒下后被制成
马肉干

最小的飞机

从鄂尔多斯回北京
我乘的是大飞机
从北京回临沂
我乘的是小飞机
从小区回家的路上
我平伸两臂
跑了几步
突然意识到
自己就是一架
最小的飞机
里面连一个空姐
都没有

梦见一个大个子

当年我和他
都喜欢他班的一个女生
不过都没成功
毕业前他找过我
说曾想和我打一架
我苦笑着说
就算我们打一架又能怎样呢
然后像两个败军之将
在河边相对无言
梦里的他老了
胡子拉碴
拽着我一起去酒馆
我劝他少喝
不然情绪会失控
他转过身猛晃着我的胳膊大吼
情绪能控制吗
内心的情绪能控制得了吗

我被他晃得
泪如雨下

人生若只如初见

吃了些介子推的腿
重耳才有力气回到王位
为了答谢介子推
他赏赐给他很多兽腿
每次上朝
介子推都得推着小推车
那些和他人生若只如初见的
还以为他是拉泔水的

罗曼蒂克消亡史

以前
她们喜欢拜伦

现在
她们喜欢拜金

甭急，早晚都会进同一个被窝的

现在是
每人一件黄皮肤
裹着白骨

以后是
所有骨灰

盖着一大床黄土

透明房子

站在这儿
你能看到
各种各样的生活
可当你想走进去
就会被弹回来
你觉得是房子
肯定有门窗
就从不同的角度
朝外走
不同角度的生活
从四面八方
把你又弹回原处
你如果继续下去
这就是
你全部的生活
你如果就此止步
这就是
你的余生

一个鼻孔出气

一个鼻孔出气，是不是
就要用另一个鼻孔出国
一只眼睛看东西，是不是
就要用另一只眼睛看南北
一个耳朵听声，是不是
就要用另一个耳朵听寂静
一条腿走路，是不是就要用

另一条腿无路可走，踏上
一只脚，是不是用另一只脚
翻身，挥动一只手，是不是
用另一只手搞小动作
断一只手腕，另一只手腕
是不是就成了壮士，摘一个
左肾，右肾是不是就成了医生
用一半胸膛堵枪眼，另一半
胸膛才抢眼，用一半脸争光
另一半脸才逆光，用左心房
断念，右心房才去翻墙
用一个膝盖跪地，另一个膝盖
才去逃亡，胳膊肘往外拐
另一个才往里拐，腮帮子
挨一巴掌，另一个才躲一巴掌
一个太阳穴被夸父追，另一个
才被匹夫追，女娲只补
一半天灵盖，另一半留给偏头痛
把后背一掰两半，重任落下时
才有机会破镜重圆，把脊梁
分成两段，撑不住劲时
才有可能成为夹板，用半个脑海
渡船，另半个才可以渡人
用半条命乘风，另半条才会乘兴
话只说半句，另一半就不像话
事只办一半，另一半都不是事

注释

看到一张
当年严打的照片
押解囚犯的
大解放车头
挂着一个牌子

上书"刑车"
下面前杠上
喷着一行白字
"礼貌行车"

取道徐州

刘邦取道徐州
要去长安
项羽取道徐州
要去垓下
曹操取道徐州
是来屠城的
李煜取道徐州
是去亡国的
他们都带着
各种宏大的使命
硬生生把徐州
从驿道走成了要道
我此番取道
是去重庆
和诗人们相聚
既不会输掉江山
也不会建立王朝
趁着夜色
我在街头遛了一圈
又把徐州从要道
遛回过道

70年代的乘凉方式

那时没有空调

没有电扇
我们乘凉的场所
是星空下的大地
把凉席子朝院子里一铺
就能睡到被蚊子咬醒
回到屋里
半夜热坏了
母亲就让我和弟弟
依次趴在竹床上
她用水瓢舀水
朝我们浇

乞丐的眼神

一个年轻乞丐
蹲在垃圾桶后面
一边用手指
扒一个剩盒饭
一边张望
来往的行人
他蓬乱的头发
和那张脏脸
极为协调
只有羞涩的眼神
像是P上去的

养狗者与不养狗者的区别

在养狗者看来
世界上分为两种人
养狗的人
和不养狗的人

在不养狗者看来
世界上分为
好多种人

有人画虎类犬

有人打虎
有人打马虎眼

有人食虎
有人食虎骨酒

父亲的头发

父亲一直染发
头发显得比我的还黑
今天回家
发现他的两鬓
开始斑白了
他告诉我
过了八十就不染了
一个头发花白的父亲
即将出现在我面前
像一座雪峰
俯瞰着我的白发
从耳畔慢慢
朝上爬

有人骑虎
有人骑虎难下

有人养虎
有人养虎为患

有人伴虎
有人伴君如伴虎

有人摸虎
有人摸老虎屁股

幸亏生物钟不是瑞士造的

连着四五天
都在两点醒来
这让我意识到
生物钟已具雏形
虽然我找不到钟表厂
捣不毁它的作坊
撵不走钟表匠
但我可以朝这只
箍在身上的
钟表下手
我冲了一个澡
让表盘表芯

人与虎

有人饲虎
有人以身饲虎

有人成虎
有人三人成虎

有人怕虎
有人怕母老虎

有人画虎

进了水
然后关上灯
用黑暗去砸
它的秒针

天空的行营

使者进入对方营帐
先要卸下武器
交给警卫
我进入机舱
把拐杖交给空姐
单腿蹦着
落座舱位后
便感觉
打开小桌板
就要和天空
面对面谈判

秋天里，我两眼慈祥如一双绵羊

梁晓明

天空的眼睛

用天空的眼睛看我们正在规划城市
计划对农民怎样施肥
怎样使葵花站在广场上旺盛开花
让河流从山腰直奔家庭
把农村缩小
缩小到一封信里
用关心的双面胶细密地封死
然后，在无人可收
地址空白的封皮上
我们用烫金的光芒写下：
我们的饥饿是最高宗教
从饥饿出发，我们公正
而且锐利

谁的墨水直逼太阳?
谁的帆缆向风暴出发?

今天我小心抚摩的日子
我码头握住的手
浮萍悄然独立的梦想
在大地的胸脯上正被冲洗
被发展的推土机一点点清理

云彩被季节规划,雨水被安排着落下
新生树叶刚睁开眼睛
空气就开始收费和教育

大雪

像心里的朋友一个个拉出来从空中落下
洁白,轻盈,柔软
各有风姿
令人心疼地
飘飘斜斜地四处散落
有的丢在少年,有的忘在乡间
有的从指头上如烟缕散去

我跟船而去,在江上看雪
我以后的日子在江面上散开
正如雪,入水行走
悄无声息……

莫

有一种悲哀我已经离开

我的泪水忘记了纪念
我坐在宁静的空白当中
我好像是一枝秋后的芦苇
头顶开满了轻柔的白花

我和空白相亲相爱
等待冬天到来
那遥远遥远又逐渐接近的
是一盏亲切的什么形式的灯呢？
摇晃我小镇上简朴的后院
恍惚睁开他
已经走远的两只眼睛

剥

我一生剥过无数鸡蛋，在深夜剥
为了能坚持站立到明天早上
在早上剥，为了走进单位可以看清暗藏的手指、更斜视的眼睛
最滑的泥鳅如何畅快地生活在泥里
在办事时剥，在走路时剥
边剥边感受蛋壳的疼痛、人们在车厢中拥挤的疼痛
七十年代小镇边缘那条尘土飞扬的机耕公路、飞扬的路上
细瘦的少年，漫天的灰尘中我想象着未来时内心的酸楚

在酸楚时剥，我小时侯就剥，悄悄模仿着大人的动作
在大人的眼中我看见鸡蛋成为液体，或者在沸油中
扭曲着身体再变成固体
老师在课堂说，固体和液体是两种不同的生存姿态
我想象着这种不同的姿态，边想边剥
边剥边想到为什么有时候人喜欢剥人？
宗教剥智慧，智慧剥愚昧，愚昧剥掉山里的青蛙，
刀枪剥掉玉米的憧憬
在黑夜剥，在报纸上剥，在圆圆的公章上啪啪地剥
饥饿时我们甚至剥掉了翠绿的树皮

就这样今天剥掉了昨天的树皮
没什么好剥我们就开始撕剥自己

我撕剥自己像撕剥另一种圆滑的鸡蛋，不是为你
当然也不是黄河那样雄壮的信仰。它在黄土高原上雄壮千里
但江南却笼罩在迷茫的雾里，像另一种浑身斑驳的原始的鸡蛋
它的壳藏在生活的怀里

我手艺精湛，我一生剥过无数鸡蛋
顺手和习惯下，我逢物便剥，像火车推进
除非铁轨彻底翻开
在推进中剥，在隆隆的歌声中我大力地剥
哪怕我被颠簸出车厢，在乱石撞头的血液中
我依然坚持在血液中剥，强忍着疼痛朝骨头里剥……

在梦想中剥，直到夜晚在眼睛中撤退
在撤退中剥，直到剥出了深埋的良心、悲伤和怜悯
在怜悯中剥，在酸楚中剥
直到剥出了这首小诗，直到剥出了固体液体另外的一种生存的姿态
我可以去了，正像我可以完全重生
直到我嘴边被剥出了一线隐秘的笑纹

重阳

节日如鸟，纷纷散了，如烟缕离树，杨花点点
非行人泪，是一个季节过去
几艘偏栖的小舟
无人划

静悄悄停泊在文字中间

唯一到家的自己
恍若从家中刚刚出发，没走远，一转眼又回来

都是空的。手边、心内、眼中满是杨花点点，非行人泪

倒点小酒，小杯，自送唇边
友人离婚，有友去世，有老人走得更加遥远......

喝下！脸庞早已不再光滑，皱纹如伤痕
有短有浅，有的与时光一起消散

节日如鸟，纷纷散了........

以后

以后
我将会变成一个老头，独自
提着一瓶好酒
来到江边
无人知，也无须人知

坐下来
衣衫不能太破，最好有几块
鲜嫩的牛筋，像我喜欢的
与世无争

坐下来，看见鸥鸟一只只斜飞
和展翅

我膝盖上点手指，抬头望：展翅斜飞
多好的样子

中国人不屑一写的生活的诗

伊沙

青春祭

想当年
在《飞天·大学生诗苑》
在张书绅老师手里
取得了总共发表11首的战绩
算是很不错的了
但也留下过终生的遗憾
有两首诗
他用其惯用的铅笔
留下的意见是
"……修改后可发"
我大意了
改了俩词便再寄去
很快被退回来

被批曰："不会改！"
其中一首是《青春祭》
另一首是什么
我忘了

风景画

在口语诗
这片中国原野的
自留地上
有人在放着两只
双色气球
一只叫"现代"

一只叫"先锋"

长啥样儿都不知道
哦，好像知道一点
挺吓人的样子
像老鼠飞成剪刀

铁一中

每次经过它的门口
我都会行侧目礼
并不是因为
它是本城中学
五大名校之一
而是在当年
我们足球
踢不过它
还有便是
我高考的考场
设在这里
这里的跑道
让我跑向北京

传家宝

记得母亲
如此说父亲：
"不走捷径"
后来是妻
这么说我：
"不走捷径"
希望将来
会有一天
有人这么
说吴雨伦：
"不走捷径"

燕子

虚伪的诗人
如我
矫情的歌唱
如我的诗
每一次
我写到
燕子在飞时
都是它的名字
在飞
都是"燕子"
这个词儿在飞
我连这小东西

晨

早起练声者
听见音乐流淌成河
早起写生者
看见雕塑生长成山

最高职业

在我心目中
有两种职业

至高无上

教师与医生
当得起
阳光下最灿烂的职业
我切身体会
它们在单元时间里的
工作强度
也是最大的

自勉诗

在饿死诗人的时代
硬要做诗人
在先生已死的时代
硬要当先生
明知不可为而为之
想不伟大——也难

中国人不屑一写的生活的诗

只要
头皮一痒
我就觉得
生活质量
有所下降
赶紧洗澡
没有条件
创造条件
也要洗澡

你永远不要小看这个民族

看世界排联大冠军杯
看哪一队得分
最粗糙也最方便的方法
就是看球员的反应
只有一队看不出来
输赢都雀跃
日本

开学第一课

我即将面对的是
1999年出生的孩子
90后最后一届学生
教学生涯中的
又一个时代
快要结束了
明年面对的就是
新世纪的新生儿

水浒诀

对我而言
喜不喜欢
招不招安
互为因果
永爱武松、林冲
而非宋江、吴用
你说
我会成为什么人

所谓成功

这些日子
常见的情景
与妻同去看老爹
走在动物所
我打小长大的院子里
我道出自己的心迹：
"每次回这里
都觉得自己不成功
奋斗半生
没飞多远嘛！"
妻不以为然：
"如果你学的是
生物系动物专业
分到这里
从动物所弟子
到动物所研究员
仍在原地
飞出多远？"

冲马桶用
并未浪费
同时我还得到了
滴滴滴滴滴滴滴滴
滴滴滴滴滴滴滴滴
滴滴滴滴滴滴滴滴
滴滴滴滴滴滴滴滴
滴滴滴滴滴滴滴滴
的感觉
仿佛时间多了
可以无穷无尽

滴

我家卫生间的
一个水龙头滴水
成了环保主义节约狂
吴雨伦同学的心病
但是从他上次回家
到这次回家
始终未得改善
原因不在我懒
我在其下
放了个盆
滴满的水

蜗牛

余怒

鸟儿斑斓

已知的鸟儿有上万种。按照
飞行路径为它们建立灵魂分类学。
树丛间的、河滩上的、光线
里的……五十岁之后我开始
接触这些不知有生有死的生命，像刚刚
离开一个被占领的国家，突然与人
相爱而站立不安。等等或看看。
拉近某个远处。聆听空中物。
从听觉那孔儿，探入那宇宙。

我们身边的

远处是一种总和，值得眺望。
试着把"远处"放回远处，不去动它，
如同对待真理和她。
更好的生活。更傲慢的寂静。
就像为机械表设计了"嘀嗒"。
一个人在夜里敲打铁块，声音
穿过杂树林而减弱。很多自由落体，
不顾我们而落。这些仍然
在我们身边。这些我觉得都很好。

衰老中的我们

借助于衰老我们知道得更多，
超过一张张旧照片叠加的印象——
徒步登山与乘坐缆车的区别。
从男女之事中去获得经验这事儿
并不靠谱。事后听力、视力
都在下降。在窗帘拉开的
每一个新早晨，对发生的
每一件小事情说"谢谢"，
颇具形式感。像一对日本夫妇。

穿行

如果世界是静止的，我们的死
就平淡无奇。一天死十次，每小时
死一次，也不能赢得观众。穷尽
各种方式，像哑巴那样然后像盲人那样地
死。（有人来到异国，培育新欲望。）
如果第一次死，如风中鸟飞，
第二次死，就要等风止息。
鸟夺取一块天空如同我们为自己
预留一块墓地。而这又是温和肯定的方式。

早间课

世事总有未知处。那些
声音与沉默，是两个半球。
升上去，落下来，几乎在制度中。
街对面，一个男人将车窗摇下，探出
头去，向上，与一个卷发女人接吻。
你把它看作一种知识（有着
临床经验的医生，由按压

而知胎儿的位置）。
如果有仪器，也许会更灵敏。

也可以说是自然选择

各个瞬间是均匀分布的。为恐惧
减少一些，就会为喜悦增加一些。
年轻女人的欲望度。变幻的长宽高。
讨论美学无益，必须讨论解剖学：
新生儿的哭啼能力、中年人
的肌肉乏力感、老年人的爱国心。
田间日头下的葵花，悲恸一直
低垂，金黄最后温润。一天中
收集到的所有静寂都证明这一点。

任何时候

任何时候，我们都
自以为在时间里。它是
外壳而我们是它的心跳。
在晚上，用文字或图案
记录下这一天，包括
臆想和自言自语，
水中鱼发出的折射。
这些是我们活着的证明。
你看到即是证明。闭目体验必然。

无所不在的浮力

房子有窗户，身体有五官。
他们不想通过它们去看、听。

远和近，都有超自然的性质。
他们躺在床上，一起看完一部
科幻片，昏昏然走出家门。
河岸边，几个人在游泳，在水面上
支撑着身子，浮着，边环顾边说话。
（刺蓟正在开花。）他们拥抱并且他
对她也那么说话也像是浮着。

树下诗

风和日丽而有立体感。花坛边，
一个男孩在往楼上的一扇窗户
投球，一个男人坐在轮椅上（有时
转动轮椅）笑着望着他。
一天不会属于某一个人，
除非他将它作为羞耻日。
站在两棵树之间，双臂悬于
树干。我欲将自己弹射出去。
想了想，又放下。这是花楸树和梨树。

旅行记

在运动中，我不能理解其他存在。
在火车上，意识被车窗切割，变得
恍惚。因为动和静的奇妙共存。如果
接受康定斯基的比例。
面对面坐着，两个人。我率先打破
沉默，问他的名字，并伸手与之相握。
我是厌弃了孤独的物理学家，擅长写诗——
只能
这么分类和自我否定。沿途抓拍一组
照片，或用儿童画的手法表示好奇。

自由体诗论

用诗处理身边事。早起，碰见
邻居，给他一个微笑。老问题：
诗的形式问题。如果邻居是个
女性，反射世界的一个面。
片面的天真。等到有了孩子，
她才联想到自己身上的乳房。
另一个问题：诗的情感问题。
剩下的感受只能拍拍手，跺跺脚。
一对亲爱的乳房具有惩罚性的意思。

记忆之船

冬日大海，它的下面，
所有的鲸舒展开来。
从视觉上考虑光的问题，从海面
的折叠度来看也一样：一个绝对的
宇宙（无高低远近，无永远暂时）。
这是凌晨，旅行团的人们在海景房里酣睡。
他们昨日穿过了大海，侥幸逃脱。
黑暗是他们愿意牺牲的部分。孩子眼中的
消失又复现的幽灵船也一样。

更加抽象

画一个房间，画一个
人，在等待什么。
一幅抽象画，含义简单。
想想我是否
也站在窗边凝视过雨中的
一棵梨树上面有梨子或一段柏油路面上面有
车辙印以确定我是否悲伤过。

是的，有过。那时我是个孩子，刚醒。
悲伤是一个房间，是长方形的。

这是我想要的吗

拥有一首诗，
就是拥有另一个身体。
两个身体，交替着生活。
但一个嘲笑另一个，以为自己更好。
（当然，你可以选择与她一起朗诵，
以使这首诗变得柔和。）假设恋人拥有
袋鼠的身体；再比如，在沙漠中迷路，
看到一具牛头骨，我能否作如下表白：
发乎自然的诗也许更好？

有感

林荫道旁，看见手挽手的一对
年轻伴侣，我上前，与他们并排
走上一段路。他们相视一笑，没有嗔怪。
（我也没有为这么一把年纪而感到羞怯。）
一群骑自行车的十四五岁少年揿着
车铃，故意绕到我们的前面
扭动着绝尘而去。托马斯·品钦说得好：
从十五岁到五十岁，我们只是在
空间中改变位置，如彗星之远近。

安静篇

安静是被感知的：她和万物。
在她和万物之间有什么？

一棵树。一棵树。一棵树。
无线电在夜空中嘶嘶作响。萤火虫
被它的尾部推着向前飞。
必须发明一种艺术，一种诗，
以保存我们的安静，像树林中的
墓地；并适时向我们自己指出我们的心，
与蛋壳中那一团浑浊的东西没什么不同。

不明来历

春天的各种花，
它们是虚空被塑造成形。
以前看不见的，现在看见了。
（我有一个身体，也这么受自然的摆布，
很多时候感到自己空空的，像一刹那
和一刹那。）还有林中雨滴、竹笋。
疑惑它们来自哪里。以前以为它们
来自天上地下（总之，这个世界之内）。
但不是。现在我知道：更神秘。

赠诗

二月以来的自我折磨，
到三月底仍不见好转。
四月将至我要出远门，去见老朋友。
年轻时对着大理石桌面和
玻璃花瓶许诺过什么已经忘记。
记得又有什么用？是啊有什么用？
我把水仙花从阳台移至卧室，享受
一会儿纯个人的寂静：有樟脑味儿。
其实是一种发现。

光仅仅带来了我而已

光带来了我。因为并不
梦想着伟大我才乐意每天消失一点。
每次听到自己说出的话通过一番振动
传回我的耳中我都很惊奇：这个
世界没有其他人；而除了这个
在这里的世界，没有其他的世界，是吗？
光使我变幻。但我知道如何藏起来。
医院里，产妇产下的死婴在等待处理。
从结构上说，他也是一个生命。

春日记

春天了，没有人关心我
的精神状况。樱花开了接着是
桃花。刚生出羽毛的
小雏鸟没欲望，在树枝上学飞。
走动时的我处于平衡状态。
傍晚下楼，我看见两个孩子坐在
楼梯上，在谈论另一个孩子和一只
叫什么"一秒钟"的狗。它死了。也可能
是他死了。好吧，让我滑行。

有一种宽叫作把水切薄

龚学敏

在秭归谒屈原祠

屈子，后辈也当是先人之天，问他们。
————题记

再读遍，国终是要破。杂交的橘，
越渐聪明，像坝上迎风的标语。

中药被导游背诵得丰沛起来，
捆在山门的伺机处，
桂花的赝品，一步步印刷体走着，
直到《九歌》溺死在堆起的水中。

莲花鼓的手指用简体字，
裁剪挖沙船，鱼在纸上画地为牢，

像是戏台上感冒的话筒。

濒临死亡的酒，
怀抱诗句中的石头，被江风，
钓起。生产黎明的工厂囤积，
残疾的时间。

汽车们离骚，夜灯趴在江边，
收取过往的粽子用方言贩卖的门票。

牌坊叠在新诗的铁锈处，
像《天问》的血，被女护士，随手，
喂给鱼夜行的合唱团。

在去甘洛的绿皮火车上

创可贴的雨打在夏天的皮肤
捻成羊毛的线白昼的叫声上，被夜
泡胀开来。

盘踞的长发在割开的时间上筑巢，
打更的鸟用铁轨剃头，算计
夜的大小，和土豆的死活。

隧洞的安眠药停靠在蜘蛛
用矿泉水凝成的眼睑上。
绿色的电潜伏在一捆捆的夜幕中，
直到把江河跑小，用灯光喘气的
钢铁，在山上的桉树中蜕皮。

辣椒停靠在坨坨肉开门的每一个站口，
用仅存的河水在木碗的酒中睡眠。

傍着火苗生长的创可贴，
收割苦荞的村庄，和途经露水时
打湿的方言。

绝色的籽，被隧洞的刀切开，
站台的无名指上，
大凉山的发辫，被茶走过的雨水
击中，长出羊子们满坡的回音。

在河南原阳高速公路服务区

梦魇的翅膀从灯光中播报飞蛾的
新闻。瘦弱的声音死去，
一块叫作博浪沙的锤音制成
的路标，撞成残废，

被来往的喇叭的绷带裹成绿化树。

我是趴在电梯口偷听河南梆子
用唱腔落雨的创可贴。

超市土特产方言的绳子上系着
汽车牌照的字母。

面条在说话的铁锅中不停导航，
隔桌的女人捡出碗中的错别字。

最矮的蚊子给汽车的影子编号，
抽签，决定睡眠的厚薄。

汽车苟合的零件把梦魇撕成纸，
贴在黄河的美容术上。
房间的树，一夜荣枯，
把张良的年龄老成散装的啤酒。

九寨殇

我只是爱着那逝去的一点点。
——题记

菩萨们用天鹅排开的盛宴，坠落在
松针刺破夜晚时大地发出的哀鸣中。

松鼠在天上失眠。一棵树的神经，
洗了又洗，直到藏袍嘶哑，
大地的灯芯，
空洞成一张纸写不上去的灰烬。

菩萨说，死去的水，和将要出生的水，
是你们的亲人，

你们的足迹要痛。

遗下名字的神，诺日朗。风把嚼在
牦牛嘴里的魄吹散，
青稞们苟且，怀孕的田野被葬礼
撒在行将死去的飞翔中。

长在地上的经幡，
把她们结下的粮食用马驮到了天上。

海子的肺沿着雨滴一点点地回去，
天空把蓝装殓在初秋的铁匣中，
生锈，直到大海干涸。
菩萨说，你要在那一天，
用蓝铺天的遗体，哭出声来。

失去名分的水，被霜剪成碎片，
遗弃在羊皮辞典的围栏外面。
红叶不敢末途，
被芦苇们挤在一起的绝版，哭成，
一句话，一掉，便再也捡不起来。

黑颈鹤用割断的唳，
抹去人、酥油、房屋、月光和森林，
水露出大地黑色的底牌。

鱼死去的口型，保持恐惧。
鱼用寺庙中的海螺，替代自己念经。

火花海。菩萨说，把她的油灯吹了，
睡觉。记着，要把火花，种在人心
还可以发芽的大地上。

有一种宽叫作把水切薄

把水切薄。用声音磨刀的人，
不停调试，
一匹马嵌在植物中的距离。

水的宽阔，把聚拢在一起的时间，
浸成口哨，
种进杏树的名字，
成为风月，钉在
药方的白纸上。

水草的宽泛被鲤鱼游成书，
躺在阳光老年的手心。

把声音磨细。乘凉的汽车，
穿过线装书时，
被时间缝成一只白鹭，
泊在舞蹈的面具中。

窄成草的水，
正在搬运玻璃砖的年龄，
和树上结果的盐。
月光一律碎花，
成为树挂着的药效。

有一种宽叫作把水切薄，
像世上的药，守着庄稼们走过的路。

水的狭窄被用声音磨刀的人，
嚼成了时间的暗器。

在成都宽窄巷子听民谣

穿旗袍的芙蓉开在地铁口下雨，
清朝的伞，和词，
想把灯割破的夜，缝在一起。

饮过酒的吉他，把声音切细，
拧干，晾在喝醉的车灯上。

把民谣唱成一盏灯的歌手，
吹熄了在爱中失散的雨滴。

贩卖邮箱的风，被歌词中的
夜色，绊倒在摆满路的
杂货摊上。

民谣的手接住那些濒死的雨滴，
在尘世中，
给她们找一条活路。

在大桥镇读南部县志

在大桥。地名的丝线洞穿朝南的书，
最耐读的三页斑鸠的叫声。

一陈。广西路上一眼叫作尧叟的井中，
亭舍的树结出茶水，
解黎语的口渴。
一味称为尧叟的药，
刻在宋朝的路上，
明过治明，清过疗清，
也治《漱玉词》中再也好不了的心病。

二陈。潮州孔庙一方叫作尧佐的碑上，

嘉陵江滋养的汉字，
开化成一座座南部口音的学堂。
一条叫作陈的大堤，
横亘在《清明上河图》最繁茂的笔画中，
南部县志中嘉陵江每一次潮涨潮落的
字里行间，
都是你名字筑成的堤坝。

三陈。用尧咨的传说，穿过葫芦的，
一支响箭上。
卖油的手把捋直的路，
铺在酒幌古典的桥头。
把箭射向碱水，碱死了，活着的水，
称作尧咨，流到瑞笋湾牌坊一样，
渐渐长大的时间里。

在大桥。地名的丝线洞穿朝南的书，
最耐读的三页斑鸠的叫声。

在昆明闻一多殉难处读《死水》

这是一沟绝望的死水。摊开的手，
没有一滴雨，翠鸟般忌讳的残喘。
角落的尸布，用玻璃发芽。
一匹匹腐朽的电波，
在昆明的山冈上放风。

种植的诗句，潜入年龄。
淹没头发，直到醮过枪声，便黑白分明。
春天一边绽开，
一边死去。

树从诗句中伸出枝。
影子们寝食不安。脱口而出的，跌进

雨滴的念头。先生的雨，用昆明的名字，
给我遮面，饮酒，羞愧难当。

写满花朵的街的背景，手中提着死水，
在喧嚷的蘑菇后面，视而不见。

无数头站立的水，在昆明的大街奔跑。
无数头水，正在死去。
无数头月亮的水，泣不成声，
哭成这首《死水》。

死水在《死水》里活着。
在西仓坡，鹰饮过的酒，不敢斑斓，
像窗前的纸，
是死水的尸体。

仰天一望，那么多活着的死水迎面而来。

在温江万春卤菜店

在万春。夕阳被手植的秘籍一点点熬化，
酒幌的笔一点睛，
一江煮出来的颜色，沿着炊烟的柳枝，
写满一万个春天的镇子。

卤，插在鱼凫河的发髻开花。
合唱的小茴香在厅院种植灯笼，桂圆，
坐成八角状藤椅，
甘草滤过的清音，用鱼泡茶。
豆蔻一尾草的相思，
把暮色浓成汁，滴在，草船饮酒时，
丁香划走的空虚处。

在万春。一万句柳梢的烟春色，

用水做瓦罐，密封草莽的陈皮。

敦厚的水向汽车途经的长衫鸣笛，
向马车上坝坝茶伸出的叶子烟致敬。

袍哥在卤字的斗笠下，聚节气。
白发的酒，在一江的宽阔上来去自如。

在万春，平原沉寂。卤菜的拐杖，
足以独行江湖

在蓬溪赤城湖与吕历瘦西鸿众兄弟饮酒

湖水潦倒。写出的酒，在书法留白处等我。
酒幌是众多写废的字下雨天理发用的蓑衣。

伙计，扶着我的墨，女人在荷叶的工笔上
主持垂钓的学生装，我不得不去。
讲酒话的墨，披着湖水的衣衫，
用莲花笨拙地爬上纸做的豆豉。

醉过的榻，竹子用六分半一日三餐，
水叠出的杯盏，被狼的影子画在壁上。

纸扇纷纷逃窜，声音的道具，
成为兄弟们打翻的隐私，倒插在川北。
城门朝西，字中的鱼缠着女人的腰身，
我从蓬溪手书的县志中，
回到家里，让闲书闲我的下半生。

扶着莲花中描出的字，一步下去，
周身的病，是竹林中凭空居住的猫叫，
有些贼，
用酒的翠鸟，

偷水中的字。

湖水潦倒。酒精酿出的船，被秃笔摇死，
一艘在字中长出竹子，
一艘成白鹭飞过的墨。

在尕米寺，看见掠过树梢的一曲藏歌

在尕米寺，用莲花的笔画老去的衣衫，
如同水走过的青石。你们未曾见过的青，
是我牧养过的雪。

一座寺院的名字，长在铁鸟腋窝的路上，
途径不名一文，
被藏语的栅栏，挡在弓杠岭起伏的牦牛
之外。白发是苍老的羊子经年不遇的盐。
我匍匐得越低，盐的声音，
就离我越近。

斑驳的暮色晾在藏马鸡想要泛黄的树叶上。
离家出走的羽毛，把心中的豹子，
画在藏语的岩石上，翻检
身边奔跑的云朵。

四面的红墙是豹子的爪，
开在大地上的花朵。她们空旷的喊声
是法号中的家居。风，
一吹，豹子会飞，
雪在家中唱歌，饮酒。

白马眼见着一柄藏刀在树荫中发芽，
收割豹子遗下的粮食。

白马的拐杖，是一曲风一样掠过树梢的
藏歌。

藏刀是一切春天，最锋利的种子。

在都江堰去向峨的路上

在都江堰去向峨的路上，水做的
教科书，依着月光的顺序，
晾晒神仙。
花是妖说的话，在世间停留一页书
的距离。

汽车目不识丁，黄桷树把字钉在
头发们的酒，喝白的路上。

公路的蛇用传说捣烂天气的绿色，
涂在路标的指甲上。
被风射中的清明，
把玻璃的反光捆在枒槎上喘息。

虚构的鸟鸣在茶道上种盐，
安抚肠胃，和诵经的白马。

山上滑落的脚印堆成乡场的门板，
用陈年的标语取暖。

在都江堰去向峨的路上，
教科书的马在泛黄的声音中饮水，
一遍遍地咀嚼
灌县的帽子，直到神仙的草料
老迈成水做的门票。

在夹江千佛岩

铁皮的船，用笨拙的手势在阳光的缝隙，

吃斋，拨弄木鱼。
隋，是一方即将风化的印章，
鸡血很远，
我想起木椅上打盹的祖母，和对岸的方言。

夕阳的鱼隔着拖拉机游过来。船正在吃惊。
雪芽们整齐地坐在河沿，
用影子捣衣的女人神情木讷。
我的书头痛，偶尔失眠，饮茶时说，
远处峨嵋的月光打折，
像是压了一年仓底的声音。

岩上的隋朝，顺着我的指尖滴落在江中，
乌鸦在冬天的阳光上飞呀。
修路的中医是母亲对我说过的话，一镐，
便是夜宿的康庄。

草长的青衣江是一株川戏班子，旦角貌美，
孤身，在发霉的天井里，终日练功，
腰身纤细的唱腔，系在檐上，一晃，
便跌在水里，
把名字改了卿卿。现在，整条江也卿卿了。

纵是一千尊的佛也只能叫岩，
豢养的水念着佛号，正在渡江。

在千佛岩。我读书的地方叫作农家乐。
而农家，已是弱不禁风，
随我粗布衣衫上的扣子，遗了。
并且，形同工厂树上的饲料。

在盐源泸沽湖

蓝蜻蜓，系在水最柔的腰带上。
月光滴出的独木舟，躲进鸥

翅膀的书中。海菜花用冬天伸出手
遇见神仙。

所有盐的源头都指向一尾名叫
泸沽的裂腹鱼。
制作笛子的一抹月色，在篝火中
绣花，织腰带，把手心攥成一枚，
黄昏走动的女字。

在泸沽湖。洋芋和山羊是饱满的阳光，
阻挠低处的草，和花朵绽开的收割机。

一群飞翔的字被山歌的酒赶下山去。
一枚落单，被风吹散，
笔画漂在湖上，用比凄凉
还凉的白裙，寻找自己的倒影。

在泸沽湖，鱼不敢说出独木舟的性别，
满湖的蓝无处栖身，拴在
一张比水还薄的
纸面上。

在绵阳越王楼上

眺望唐朝河运最繁忙的李白码头。
四川，用拧成绳的水，
拴着诗词们日落而息的船只。

肤浅的夜裹着啤酒，蛰伏在钢铁
制造的风中。
现时的诗人们，晾在月光的木匠
从乡村爬来的栏杆上，
打捞洗衣机里空洞的县志。

女声的楼给城市分摊涂料。涪江上
色彩的庄稼，季节紊乱，
水稻走上楼来和我说盐，
说啤酒边上的空船，驶向唐的时间。

汽车吐出的声音长到楼的隐秘处，
桥卡在一首诗喝茶的路上。
睡眠的超市，站在树荫旁，
不停替换旧体诗词现在的心跳。

白鹭终日吸烟。水面越来越重，
直到淹没整个唐诗。
李白用剑削掉字典中用意单薄的李，
留下白鹭的白，在涪江流浪而已。

我们也是鱼

黄梵

鱼

像灯一样的眼，为什么没有照亮？
像花蕾一样的眼，为什么没有盛开？
莫非你也像人一样，一直戴着面具？
为什么你有足够多的骨头
偏到死后才试图卡住人的喉咙？

我守着装你的盘子
守着怜你的假慈悲
你散发的浓香，来自你血腥的死亡
你一生的故事，我吃进嘴里还有用么？
你一生的视野，我用舌头也能继承么？

想到你是一个生命，甚至鱼里的先知

我不再是瞎子和聋子
一刹那，我成了能听懂你遗言的罪人

工地

这些新建的楼房有什么好看的？
它们就是我们身上的缺点
这场淅淅沥沥的春雨，又能把它们怎样呢？
缩在楼边的老宅子，像临死的绅士
望着不孝的儿孙，只盼着快点咽气

我踩着工地边上的泥泞
知道挖土机正在挖我们命运的地基

这座城市已成了永远的工地
永远的尘土和喧闹，还能带给我们幸福么？
这就是我们努力得到的成功么？

冷不丁，一只病猫来到跟前
为了摆脱工地造成的困境
它对我叫了很久，情愿为我唱任何歌
但我改变不了什么
就当我是一块石头吧，只有沉默的苍白的容
    颜

醉

我醉过，现在
不再喝酒，就不醉么？
如同自由自在地走路时
就没有舞步么？
就像侃侃而谈的闲聊中
就没有谜底么？
非要行到水穷处
才有远方么？

我的醉
早已储在一罐好茶中
它和酒一样，都需要
多年的生涩来酝酿
那一江的春水里
仍有世代的冷梦、仇恨、伤口……
一放入茶，就和我分道扬镳——
就把黑发醉成白发
把仇恨醉成原谅
把伤口醉成眼睛

七彩沙滩

沙子们止步不前
等着潮水泛滥，把它们变成海底

我一脚踩下去的
也许是沙子父亲的肩
沙子母亲的脸
沙子婴儿的手
但它们一声不吭
只用凹陷的眼窝
提醒我的脚：近些，再近些
提醒我的心：静些，再静些

听——
白雪在浪尖消融时的，一声声长吁
疍家人抬棺祭海时的，一声声祈愿

车站

我和远方，只隔着一个车站
家乡已令我厌倦，而车站令我激动
我携带着青春，打算扑向最美的远方
亲人的祝福声，在我身上裹了一层又一层

绿皮火车用我听得懂的汽笛声
告诉我，奔向远方的铁骏马，它需要休息一
    会
它提前送来了远方的白云和春风
直到那一刻，我才想到这是第一次离家

多年后才知道
是对远方的想象，弄瞎了我打量家乡的眼睛
是乡音，才没让我在普通话中搁浅

那一直勾引我的远方，其实已与家乡无异

但那时，两手空空的月台
代表已经失败的家乡
我坐在一堆行李上，却嫌家乡给得太少
后来的漫游让我知道，那时的我多么肤浅
肤浅如贴满车站的江湖广告

致父亲

父亲，又是清明节，我没有忘记你
我没有变得更好，也没有变得更坏
更没有菩萨，把我的生活变得更容易
一树的笑声，照样要靠风来催生

父亲，我没有带来你吃饭的碗
我知道，你再也不会饥肠辘辘
你已经安宁了，不像我还在做活下去的苦差
　　事
你住进土里，不依靠，不拖累，更没有束缚

父亲，哪怕风不停甩响柳树的长鞭
它也奈何不了刻在墓碑上的命运
你被人世榨干了的身体
撂下苦难的担子，已经九年了

致窗前被伐去的槐树

我曾天天和你静静地对视，一股巷风
让每片叶子，都成欲飞的翅膀
那是风在你的身上写字
有的叶子仰头成钩，有的叶子拂袖成捺

该飞的雨，已躲进云里睡懒觉
它不知，我有一封信
被远方的雨拦住——那里有洪水的勤奋劳作
和人们无法飞离水的苦难

这里的风，像有急事
非要从你的嘴里掏出答案
我的视线，仍像缆绳
要把生活，继续拴牢在你根的锚上

直到远方的雨停了
直到窗外的电锯声，把我从梦中惊醒——
你正用圆冠的头颅，对抗刀锯啊！

那场没有胜算的对抗，就像那封丢失的信
再也捞不完我的怀念

江边松林

松针的目光犀利
它看出江水，已不幸染上黄疸
没完没了的命运的黄疸
它得用整夜的失眠守候

我坐在山顶
所有想说的话，都已垒成山的沉默
已被安排成，山下垃圾燃烧的呛人气味
已成为风，投给松林的无用微笑

松鼠，和我一起眺望山下
忘了江水原本是万世的礼物
忘了路人曾都会踏歌而行
松鼠，将和我一样，守着江水——

这渐渐空瘪的黄背包，敷衍着过完自己的一生

是陵河深夜脱下的白睡衣

心竟——也步出行李
发誓要与陵河的心跳结盟

致水杉
——记水上森林公园

再劳累，水杉还是挺着腰
无论鹭鸟筑在枝上的梦有多重
它都一声不吭地承受

我知道，我做不了这里的水杉——
一生护着鹭鸟的激情
一生用展览代替人生
一生向往鹭鸟逃出冬天的自由
它只剩鹭鸟的粗话
用来惊醒春梦

2017

为陵河失眠

不让心冷
才来这里
才在一条河边，来搭乘晨雾的火箭

但心，还没步出行李
它继续等着一架北上的飞机

我只能让目光从阳台
东突西撞
一步一步渡过陵河
一步一步翻过黎明的鱼肚皮
蓦地发现，晨雾

月亮已是铅做的心

你走了，不是雾模糊了车窗
是涌出我眼眶的几滴泪
我那时缺疯狂，未能把你留下
火车启动的汽笛声，差点把我压垮

你走了，把命运交给了异国
你是煤矿，被人挖走
留给我漆黑的巨大空洞
你成了异国的俗人，却还是我眼里的天使

那些多私密的话，不再是声音
是黑夜里的星星
是凋落的树叶，依旧选择从钟山的溪水出发
好心追来的寺院钟声，已把我认作凡僧

你走了，命运就像江南的雨
迷迷蒙蒙，继续低语
月亮已是铅做的心

歌乡人

早晨，在花园里
怀抱婴儿的阿姨
一边缓步而行
一边轻声唱歌
也许是家乡的摇篮曲
不知道婴儿
是否听得懂
我的心里也得了安慰
就像阿姨是我家乡人一样

也许，爱唱歌的人
都来自同一个家乡
悲也唱，喜也唱

出嫁也唱
葬礼也唱
尽管，在这个嘈杂的世界上
歌唱受到不少的限制
但来自诗歌之乡的人们
仍然以歌唱抵挡世间的寒冷
与人心的荒凉

他们在歌唱中
渐渐登上高山
好在，天堂
一定是歌者的故乡
随着历世历代的歌者
往那里汇聚
那里早已是诗歌的海洋

蓝灯小镇

在多特蒙得附近的
蓝灯小镇
民居以中心教堂为基准
向四面延伸
镇外一座小山坡下
是军人墓园
我去看墓门口的石碑
本镇的数十个年轻人
都死于两次战争
1871年和1939至1945年

小镇留给我的最深印象
是干净，街上窗明几净
马路上一尘不染
山冈森林与湖泊
毫发无损
就像刚创造出来
还不满一周
街上行人稀少
只有我们几个外乡人
仿佛他们都扛着
祖传的土枪土炮
上前线
抵挡盟军去了

淹没

我从手机喜马拉雅电台里
打开拉赫玛尼诺夫的
第三钢琴协奏曲
出发去市场买菜

直到回到我家楼下
低头屈身锁车
清澈的琴声
才重新从市集的嘈杂中
浮现出来

不叫一日闲过

一个身怀二胎的女大夫
对初来乍到的年轻医生说:
你知道我喜欢怀孕的哪一点吗？我喜欢怀
　　孕，是因为
只有它让我感到自己
时时刻刻都有产出
即使是睡觉，我也没闲着

一地光斑

苏历铭

午夜

车灯晃亮西直门桥的指示牌
我看见上面落着一只喜鹊
像一块静止于空中的石头
裸露着白色的疤痕

我的前方没有车辆
铁架悬桥上，风撕烂时代的标语
街灯一盏盏地倒向身后
玻璃碎满街道的声音
溅到车的后备箱上
反光镜里却空无一物

我知道什么都没有发生

甚至气温也没有改变
忽然想拨通电话
约几个夜不能寐的人
去桥下的排档喝酒
我想和他们谈谈祖国
和稍纵即逝的爱情

脑海里闪过很多张面孔
有人移居国外
留下的爱国者大都离开本城
他们在故乡张灯结彩，和旧友重逢
而对于我
故乡只是一场飘渺的大雪

北京午夜的大街上

独自游荡
每次摇下车窗
冷风瞬间在我的眼角
结上一层冰

烟花

始终找不到合适的词
描绘烟花的绚烂
在漆黑无际的夜空里
每一次腾空而起的绽放
闪现人间所有的花
惊艳与凄美、繁茂与寂寞
我必须紧抿嘴唇，不让泪水
落下来

初到北京的深秋夜晚
坐在景山后街的街边
看广场上空
升起一夜的烟花
它们点燃血脉里的每一滴血
我曾想把自己变成
一束璀璨的烟花
在祖国最黑暗的时候
发出应有的光

光阴消减生命的长度
烟花的光芒不再燃烧青春
只照亮结痂的内心
现在，烟花出乎意料地盛开
我只会安静仰望
在光芒暗淡的瞬间
有时想起一些伤感的往事
往事比烟花开得长久

有的镌刻在身体里
灼伤坚硬的骨头

今年春节
我打算多买一些烟花
不再赋予任何的寓意
在人潮退去的时候
独自点燃它们
只想看它们照亮黑夜
看自己的生命里还能开出多少朵
美好的花

格桑花开

土路上遇见两只壮硕的黄狗
不时地跑到我的跟前
嗅着裤脚的味道
我的口袋仅有一支碳素钢笔
真想把它变成一根骨头

我们最终在旗溪村口分手
它俩像是一道闪电
急速消失于白墙的背后
白墙的底部遭受梅雨常年的侵蚀
像是老者跋涉的鞋面
缀满光阴的污点

我的目光越过一排粗木栅栏
看到一簇簇挺拔的竹林
枝干可以做成无数根扁担
足以挑走坡地上
所有残留的枯叶
转身离开的刹那
无意间瞥见竹林背后的洼地

格桑花突然闪现，成片成片的
在不易察觉的低处
编织锦绣的花海

格桑花是那么的弱小
无声无息地开，无声无息地落
每一朵都在卑微中绽放出
自己的最美
它们生死相拥，蔓延不绝
美若群星，用微弱的光
照亮人间的黑暗

放弃漫无目的的游荡
靠在花海尽头的草垛上
我凝望格桑花起伏的静美
它们感动着我
在朴素美好的格桑花中间
本想安放一些旧时光
整整一个中午，我都没有想好
安放什么

不放过任何温暖的角落
冷风逼迫我张开嘴
风声从嘴唇上迅速掠过
掠夺唯一的血色

向寒冷投降
愧做雪国的少年
我早已丧失迎风而立的勇气
瑟瑟发抖，忽然觉得
自己真的只是一个浪子
不论是在昨日的异乡
还是现在的祖国

冷风

冷风吹在额头上，头发不属于我
吹在手背上，手指不属于我
吹进衣领里，我就像
空地上的积雪，从里到外
渗透无边无际的寒气

背对冷风，无数支细钢针
戳破肌肤，每一个毛孔
绽放一朵雪花，它们的根
全都指向深藏的心脏

给飞翔的鸟儿一副口罩

西渡

鬼屋

进入黑暗，门口赤身的骷髅
跟你握手，迎你进入一个
暂时的地狱，披黑氅的另一具
提灯在前面引路。灯暗下来

它也跟着消失，留你在一片
巨大的坟场。其实并没有坟场
只是一些散乱的土堆，磷火是
电萤火虫冒充的。旷野的幻象

随即退场。门框上的女鬼拉出
长的舌头，滴下冷的血，她的呼吸
也冰冷。梁上的吊死鬼纠缠台下的

替死鬼，你心里的小鬼一阵慌乱

停尸房里并没有尸体，却有一只
不失时机拽住你裤腿的骷髅手
另一只搭上你中年的肥腰。吓坏的孩子
叫喊声压过了溺死鬼小声的啜泣

你在这里感觉到真实，凌厉的
动作，带着森然的气质
不同于外面的燠热，迟迟不肯
离去的雾霾，跟风要赖皮

你经过的窄道仿佛曾经的产道
判官的朱笔将要清算你的一生
他向你索要的是你辛苦赢得的

你放下，他就让你安然通过

所有的人都妨碍你。而回头路
是没有的。只有不断加紧脚步
逃出去，就意味着交出你自己
进入阳光，众鬼脸瞪着众人脸

说到底，天使的愤怒只能报复我的肉身
此刻我的心安宁，泪婆婆，鹰隼
在我的眼内啸聚，复活的太阳命令
这些大鸟，携我如风，升入光耀的天空

也许你终将明白，这一切仅仅是开始

鲁班术

树枝折断，柿子洒落一地
我笨拙地模仿它们在山坡上连续打滚
停下的时候，我还能看见
刺眼的光线，另一个巨大的柿子

在这沟沿上，我躺了一天一夜
尖锐的石子硌得我肩胛骨生疼
蜜蜂放弃我，蚂蚁和苍蝇密集访问
更多的还在急急忙忙赶来的路上

我的被诅咒的技艺背叛我。当跛脚
的师傅要我大声说出"无前无后"
我是否想过今天的后果？也许
这样的结局仍强于命定的鳏寡孤独

艺多不压身。我的技艺却格外沉重
人间需要安慰：我竖起房梁，垒砌
灶台，把天上的火降为人间
的火，仙露化为人间的佳酿

我不曾拒绝人们的哀恳，纵使
他们一再贬低我的技艺，怀疑我的
用心。我容忍了猜忌，咒骂，背后的
指点。他们已经这样做了几千年

树木

树木的存在并不透明，因此
王阳明陷入昏迷，而释迦
由此顿悟。这足以证明
格物和打坐的方法迥异

有人用斧子和树木对话
树木不喊疼，也不抒情
伐木的人早已不在，而树木
依然呼吸太阳，吐纳光明

树木的年轮里有血，奇异如
生命本身，和祭台上的蜡泪
一起滴下，和青烟一起消散
和青草的呼吸一起弥漫田野

贩卖树木的人是有罪的
炼石之后，多少树木死去
倾圮的宗祠再无支撑的
梁、柱；愤怒的族长悬梁

沉默的子孙继承了那绳子

鬼打墙

向左走，红墙
向右走，白墙
左右走不出这迷魂的骑墙
停下撒泡尿照照？
黑焰的灯下多少张鬼脸！
尿它！尿它！
上身红鬼推身下女鬼
鸡鸣狗盗，无非赶趁
天亮前最后的癫狂机会！

祠堂

八百年前，他们的始祖移居此地
买下这些本属于其他姓氏的山峦
他的子孙繁衍，他们的子孙
零落，村庄刹那换门庭

他曾经游宦，艰辛备尝，晚年
意兴阑珊，退隐林下，挑中
这世外山水，紫荆岩、八角尖
拱卫，清溪环绕，松风日作江声

但他们渐渐守不住这数里桃源
老人们退化成动物、植物、石头
年轻人星散，奔赴遥远的他乡
博他们的命，也无非以血换食

倾圮的石墙，苔藓日深，相对空房
乡思没有用，相对荒芜的田园，丰收
没有用。回到故乡的人一日一醉
站在高高的山冈，恸哭没有用

房屋

曾经庇护我们的，不再能
庇护它自己，星光和雨水
从瓦片的缝中漏下，松动的
牙齿，咀嚼九百年间的往事

一只猫从灶膛突然窜出
其实它只是它自己的幽灵
它的瞳孔放大，一整个
家族从那里面走出，消散

酒从杯子的裂缝走出，火
从灶台走出，不再有孩子
诞生的哭声，不再有灯
不再有牲口粗鲁的呼吸

他的膝盖疼痛，想要跪下去
而满地的瓦砾让他畏怖
面对山梁上祖先的坟地，他读到
彼此间越来越难掩饰的相似性

给飞翔的鸟儿一副口罩

给心爱的人一副白色的口罩
给捣蛋的猫星人一副绿色的口罩
给忠实的汪星人一副红色的口罩
迷离的水是鱼儿的另一副口罩
但你给飞翔的鸟儿一副什么样的口罩？

白色的鸽子飞翔在晦涩的霾中
低沉的鸽哨像一个严酷的警告
巨噬细胞吞噬的PM2.5也在飞
或者与鸽子一起停在十月的树梢

没有太阳和星星的十月：
鸽子在飞，与堵塞的肺泡一起飞
喜鹊在飞，与纤维化的肺一起飞
乌鸦在飞，与肿大的心脏一起飞
云雀在飞，与积水的肝脏一起飞

这些飞翔的生灵，带着裸露的器官
带着疼痛的尖叫，带着它们无辜的
疾病，从一个戴口罩的沉默的世界
飞进了星辰，飞入无人的哀悼

它们之间年龄的落差形成
危险的悬崖，暴露出各自
一心抹杀对方的阴郁企图。
它们都倾向于相信自己才是
唯一的出路，事实也如此
假如卅年前的一切重来
你能够选择的道路也不会
多于这一条。这是群山对你的
教育。弗罗斯特担心的
千差万别从没有发生；倒塌的
石墙下，穿过蛛网的风告诫
你，这就是所有道路的秘密

再驳弗罗斯特

汽车行驶在铺了沥青的
乡间公路上，串起一些熟悉
而又陌生的村庄。另一边
齐腰的枯草遮没一条土路
紧挨着日渐枯涸的溪涧。
这样的两条路让中年的还乡者
稍感晕眩。三十年前，你用
穿解放鞋的双脚一步步
丈量过的那条路，通向了
今天的这条路吗？你认出
桥边的香樟树，捧着同样的
鸟巢，仿佛裸露的时间的
巨大心脏，而围绕着鸟巢飞翔的
早不是同一窝叽喳的喜鹊

两条路近于平行：在离得
最近的地方，彼此似乎
触手可及，却始终保持
有分寸的距离，仿佛它们
从来没有共同的出发地；

雕花马鞍 阿信

卸甲寺志补遗

埋下马蹄铁、豹皮囊和废灯盏。
埋下旌旗、鸟骨、甲胄和一场
提前到来的雪。
那个坐领月光、伤重不愈的人，
最后时刻，密令我们把鹰召回，
赶着畜群，摸黑蹚过桑多河。

那一年，经幡树立，寺院落成。
那一年，秋日盛大，内心成灰。

点灯

星辰寂灭的高原——

一座山坳里黑魆魆的羊圈
一只泊在大河古渡口的敝旧船屋
一扇开凿在寺院背后崖壁上密修者的窗户
一顶山谷底部朝圣者的帐篷……

需要一只拈着轻烟的手，把它们
——点亮

一具雕花马鞍

黎明在铜饰的乌巴拉花瓣上凝结露水。
河水暗涨。酒精烧坏的大脑被一缕
冰凉晨风洞穿。
……雕花宛然。凹型鞍槽，光滑细腻——
那上面，曾蒙着一层薄薄的霜雪。
錾花技艺几已失传。
敲铜的手
化作蓝烟。
骑手和骏马，下落不明。
草原的黎明之境：一具雕花马鞍。
一半浸入河水和泥沙；一半
辨认着我。
辨认着我，在古老的析支河边。

秋意

虎的文身被深度模仿。
虎的缓慢步幅，正在丈量高原黑色国土。
虎不经意的一瞥，让深林洞穴中藏匿的
一堆白色骨殖遭遇电击。
行经之处，野菊、青冈、桤木、
红桦、三角枫……被依次点燃。
当它涉过碧溪，
柔软的腰腹，触及
微凉的水皮。
我暗感心惊，在山下
一座寺院打坐——
克制自己，止息万虑，放弃雄心
随时准备接受
那隐隐迫近的风霜。

风雪：美仁草原

好吧，在五月
泛出地表的鹅黄我们姑且称之为春意。
迎面遇见的冷雨亦可勉强命名为雨水。
但使藏獒和健马的颈项一次次弯折
并怯于前行的冰雪呢？

我深信这苍茫视域中斑驳僵硬的荒甸，
就是传说中的"凶手之部"——美仁大草原
    了。

是在五月。
是在
拉寺囊欠①中的佛爷都想把厚靴中的脚趾
伸到外面活动活动的五月啊！
我深信这割面砭骨的寒意后面，一定是准备
    着
一场浩大的夏日盛典——
赛钦花装饰无边的花毯，
斑鸠和雀鸟隐形，四周
散落它们的鸣叫之声。

我深信这苍茫视域中斑驳僵硬的荒甸，
就是传说中的"庇佑之所"——美仁大草原
    了！

注①：囊欠，指藏传佛教活佛的府邸。

弃婴

偷尝禁果的女子，慌不择路。
暗结珠胎的女子，神情恍惚。
脸色灰青的弃婴者，一念之差招致的暴雪

正在席卷买吾草原。
我是谁?
我何以洞悉并将这一切录入密档,再
深深埋入地下?
逃离时,她是受惊的豹。
返回时,她是疯癫的母兽,踉跄、奔行……
大雪掩埋草原所有的路径——
允许我,
护持这个有罪的人儿
重回当初的崖下,凹陷的石穴。
那儿:一只古老的神雕
正用巨大、褐色的羽翅
庇护着
这个著名的弃婴。
一双贝壳似的小脚丫印,至今仍嵌在
山崖赭红的岩石上。
佛传至七世。时间
过去三百余载。
我,一名老僧,充任书记,籍籍无名。

写作的困惑

鹰,已经挥霍了无数墨水。鹰还将敲碎
多少块键盘?
长期的写作中,我有意地回避着它。
因为鹰,我拒绝了天空。
因为鹰,我拒绝了不少于三座天葬台——
那些原本
可以平静死去并顺利转世的人,
不得不继续活着,而且很难
看到希望。
我感到绝望。如果
不改变初衷,将会有更多的人,
屈辱地活在世上。

而一旦放弃,就意味着
那被无数遍书写过的鹰,将被再次书写!

我还没在诗中写过一条真正的河流

谙熟河流,不一定将它
纳入一首诗,赋予某种形式。
我在不同时期遇见过不同的河流。
似乎了解越多,就越怯于
谈及它们。也许在某个
私人场合,我们可以聊聊:
一条真正的河,它的上游和下游,
它的两岸,它的那些
来历不明的支流、港汊、漂浮物,以及
发生在它身上和岸边的事情。
更多的时候,我愿意在河边
像石头那样沉默。

在草原露宿一夜,我并未感觉到所谓的孤独

白牦牛涉过雪山下
暗黑的河。

苏鲁花的茎叶一遍遍
擦拭过的黄铜茶炊。

叫起来!把肺部积蓄的空气全部排尽。
帐篷边上,铜一样叫起来,雕塑我们的
耳朵!

大雾尽头
那条黄金牧犬,会回答你。亲爱的多多!

月亮

月亮，在云层游弋。
只我一人欣赏着它。
只我一人，漫步黑暗、荒凉山冈。
我在心里说：月亮啊！你一次次
透过云层，让我看见
究竟是出自怜悯，还是把我
认作故友？
抑或是难以割舍
白露之下的这片清凉世界？

隆冬：江岔温泉印象

满山泉眼，像一个
急于表达的人，咕噜咕噜冒出的
全是热词，带硫黄味和身体的记忆
四周群山还在落雪
只有一座，置于氤氲雾气之中
一个藏族妇人，背着劈柴，行色匆匆
沿山道赶来——
似乎山体内部，有条通道，曲折幽深
尽头，一座灶台，正熊熊燃烧

马

想想，一匹马
没有同伴
没经过想象，没被
加持、命名

突然闯入视野

源头一样新鲜
河流一样古老

自带体温，低头
啮食着苔藓

风之手抚过。三江源
静寂

草地酒店

漫天雨水不能浇灭青稞地上汹涌的绿焰
也不能制怒

乖戾厨娘，捋袖露乳，剁切一堆青椒
如某人频频现身微信平台
臧否人物抨击世风

只有檐下一众游客表情沮丧如泥
只有院中几匹马神态安详，静静伫立

河水涨至车辆却步。但对面仍有藏人
涉险牵掣马尾泅渡
何事如此惶迫，不等雨脚消停

我也有天命之忧，浩茫心事
但不影响隔着一帘银色珠玑，坐看青山如碧

一座高原在下雪

一座高原在下雪。蓝色
月光下，一匹名叫青藏的灵兽

不断搬运，添加
把世界变成
一张极简主义者洁净的书桌

一座高原在下雪。绿脸
上师，扑打一双赤足，吟唱那首
名曰"悲惨世界"的道歌：拄着藤杖
走出岩穴，来到山下
一座人畜共居的村庄

一座高原在下雪。奶桶倾覆
藏獒的眼睛，埋藏着一座星宿海
有人把我从昏沉的梦境中叫醒
却没有告诉，碉房外面的山坡
一群野雉突然惊飞的原因

一座高原在下雪。湖泊退守
高处的鹰陷于盲目。朦胧视野中
牦牛抖动黑色披风
渐渐隆起，逼近……
一个孩子痊愈，从漫长的热病中站起

我始终对内心保有诗意的人充满敬意
——读詹姆斯·赖特，并致某某

雪落甘南。也可能落向羌塘、藏边
一上午埋首十万道歌，半部残卷
其间接过一个电话。取下镜片，移步窗前
我始终对内心保有诗意的人充满敬意
生活面前，我们还是儿童。还是那只
"在一根松枝上
反复地上下跳跃的
蓝色松鸡。"
眼前只是街道、泥泞、缓缓驶过的

长途货车。远处，山冈上
白雪半覆茂密的沙棘林
我始终相信：雪让万物沉寂
而诗歌，会把我们日益重浊的骨头
变蓝，变轻

山中遇雨
——九寨，赠义海

雨水的旨意不容拂逆
十八座海子，如同十八座沸腾的鼎镬
七星朗照，深邃的夜空被一再念及
要么放弃一只猛虎斑斓的雄心
要么皈依，顺从，随孔雀一同
退入蓝色宝石。或与犀牛
建立默契，重返箭竹海晃荡的苇丛
迷离的五彩池告诉我的，我要不要
告诉长海边半枯半荣的旗树
被九座寨子的雨水浇淋，能否视为
自然之神和宿命的眷顾
我已苍迈，尚存忧疑，游走人世
但群山中深邃的夜空一再被念及
星空下波澜不兴的镜海，偶尔被梦见

饲蚊记

低海拔的蚊子
喜欢高原的血。
鼓翼而来，俯冲而来，盘旋而来，
引擎声在耳膜彻夜打洞。

第一次真正理解

被妖精喜欢、网民追捧的滋味：
哎呀我的
三藏哥哥，秀华妹妹。

念佛也好，自虐也罢。临了
还得自己忍住：这长腿鼓腹的家伙，
没准儿也是
谁的化身。

过了这一关，才有望修成
罗汉金身：
水泼不湿，针扎不疼。
谄媚不进，邪祟不惧！

被闪电照亮的人

沉河

忍住

让我先把饥饿忍住
如果有所谓万古的悲伤
也连带着忍住
这无所事事的一天终得过去
尽管是他们欢呼的节日
呼吸声愈来愈小，直至
不敢呼吸。楼下快递员的喧嚣
将随着一声电动车的鸣笛
带远。世界在我的小范围
大致是安静的，尽管每个人
内心里都有大波涛
我写下一个个"福"字
整整一个白昼

等待墨迹干透。我
假装把它们送给某些人
可他们真的得不到幸福
我还是得忍住不哭
而不动声色
妻儿们已经睡了
我忍住翻身。在假睡中
进入真正的睡眠

雨声

我喜欢听雨打万物的声音
万物也同我一起静静地听

它轻柔时，如恋人的絮语
热烈时，如小孩的嬉闹
短暂的沉默有如深呼吸
一时的爆发，诉尽天下不平事
那声音普遍而广大
从南方到北方，从东方到西方
雨，打在高高的松树上，也打在
屋檐下的小草上。它打湿了
万物和我，从外到内
那声音胜过人世间
所有的赞美

2017.6.5

读史

在江西，我发现陶渊明本是个贵族
把土地也抹上了贵族色
他所有的事迹只是证明
他不属于如何生，更不属于一死
所谓生死不是什么问题
他说：死去何足道，托体同山阿
他说：但恨在世时，饮酒不得足
在那个众声喧哗的时代
他离热闹有点远

在湖北，人们说，屈原遇见的渔父
就是穿越回去的渊明
我说，不是，不然，屈子不会投江
渔父仅是屈子的另一面啊
五月的楚地已然燠热，瘴气们
蠢蠢欲动。举世混浊我独清
屈子恰巧在那天选择了自己的
正面。他正面的扑通是孤独的

第一声。他的背面哼着沧浪曲
逐渐远去，泯然于众人

2017.6.6

人生箴言

年轻时我津津乐道的人生箴言
现在让我的白发加速增多
什么"不加检点的生活是不值得过的"
二十多年来我白过了
什么"能够说的就可以清楚地说，
对不能说的应该保持沉默"我对此
只能无话可说
什么"忍耐孕育着高尚"
我忍耐得太久，但高尚在哪呢
我还是喜欢老祖宗的唠叨
三十而立，四十五十什么什么
这人生的目标多么清晰
不那么容易迷路。偶尔反思
达不到也没有关系啊，不过愚钝点而已

2017.6.7

讲古

祖父是我们生产队里最有学问的人
在那个主要学习语录的时代
他的讲古吸引了更多的人
我的童年的夜晚基本上是在
听故事中度过的。顺便认清了不少星座
祖父讲到每个故事的尾声时

都很兴奋又语重心长
譬如《封神演义》的姜子牙封神
譬如《水浒传》里的英雄排座次
一个人努力奋斗是可以成为神的
那应该是最原始最古老的励志方式
因此我因为小学时作文好
算命先生仔细推算，原来是
文曲星下凡到了我家
多年后，我目睹了多少大师销声匿迹
也目睹了大神倒塌，再也不信这些故事
可还是常常又听说某位大师诞生
某位大神到位。我惶恐祖父醒过来
兴奋又语重兴长地对我说
孩子，我没骗你吧

2017.6.7

没有彩霞的傍晚

没有彩霞的傍晚也很美好
我们平淡的日子不需要太多的惊呼
二十年前，这样的傍晚到来时
我们大致在田野的小径上散步
走到夕光将尽时返回老屋
再亲自点燃夜晚的第一盏灯
我们一天的话语已在晚风吹拂的
云朵间说尽，接下来是沉默的时刻
你读书，我写作
我所写作的每一句也是你所读的
之间的秘密你最先猜出
老屋那时并不老
和我们的新生活一比
木质的墙壁上还有着鲜艳的色彩
我们年轻的身躯匹配着它的硬朗

现在它和我们一起，走向了荒芜
也许有一点彩霞的傍晚也很好
我们的面庞以及它的屋檐上
会金光闪闪，一副兴奋的模样

2017.6.8

月夜

今晚的月亮很圆，很大
人们的赞美声高达苍穹
但与繁星相比，它仍然孤独
而每一颗星其实有着
更遥远的孤独。与此相仿
一个独自看月亮的人，也在江边
充分显示着他的孤独性
他把庙堂藏得很深
听着近处的蛙鸣有一声没一声
远处的狗吠爆发一阵后
也不再有响应。天地与我并生
万物与物同一。由庄生在地底
的呓语，他不禁有所疑问
彼何人斯?彼何月斯
彼何天地万物斯
这非滔滔流过的江水
所能回答

2017.6.10

天命之诗

五十年后，他终于做到了

放走吸饱他血的蚊子
不让自己的手沾满自己的污血
五十年后，他终于适应与鼠为邻
那些垃圾成为它的美餐
也是一种好归宿
他不再拔掉一根杂草
也并非期许一朵野花相报
他会记起给养育的小石头浇水
尊重这些生长缓慢的老事物
它们亿万年的灵性

五十年后，他终于做到
不与任何人为敌，不与太多人为伍
也让不同的神在家里和睦相处
闻过尽量喜悦，闻赞表示感激
每天做点让自己欢欣的事
譬如抄经，譬如饮茶，吃家人做的
饭菜，问候远方的亲人，并试图
和孩子交心，不时关心下他的前程
慢运动，深呼吸。此为老天
给予其命 不错的赏赐

2017.6.11

自然的小园

从小园的布局包括那些做假山的石头
从已不见兰花只见杂草的兰花盆
从早已朽坏干脆封堵住水管的水龙头
从主人的头顶望上去那一排排的花架
从敞开的雨阳篷和具有中式风格的栏杆
它们沾满了锈迹和灰尘却仍不妨碍风的溜达
从仅有的几棵有名的小树——
桂花树，梅花树，对节

隐约中可以看出主人做过很多努力
他想做个文明之子，风雅之士
在可以预见的满足中发表高论
但自然毁坏了这一切，从而成就了它自己
主人已不知道有多少种子借风，借鸟
撒播在这小块土地上
也不知道有多少虫子、小动物参与了
主人无能为力的改变。哦，自然
主人自然地适应了自然，他有着
前所未有的解脱与放松，并欣喜地感觉到
有多少小花小草在他面前撒娇
等待他不时想起来的浇灌

2017.6.14

从高处到低处

年轻时，我喜欢高处
孤立于人群，放眼世界
我已经在高处住了二十年
从一个顶层到另一个顶层
每天回家，享受着脱离地面的
快乐，也脱离那些低级趣味
在高处，与夕阳、云朵为伍
俯视芸芸众生，为孩子们的
欢闹心悦，为市井的吵闹心焦
二十年，足够培养一个人
寂寥的品性。从去年起
我渴望住在低处。朋友称
我要落地。我渴望
出门即是生活，抬头便见邻居
与小草、落叶为伍
关心柴米油盐。事来了
跑得很快，不再东张西望

没事时，学株植物，生根
把自己牢牢地扎在地上

2017.6.19

水杉树

我在沉默中想到的水杉树
和我在音乐中想到的水杉树
是不同的，多么的不同
我在风中想到的水杉树
和我在雨中想到的水杉树
是不同的，多么的不同
你不用去亲自看望一棵水杉树
正如你不必再去见一个人
她留在水杉树下的身影
只有在沉默中才凝重
在音乐中才飘忽，在风中
楚楚动人，在雨中我见犹怜
那一天，她倚靠的
也许不是水杉树，是柳树
是榆树?我努力辨识它们的不同
光阴静止，流水不动
那是一棵长在小河边的树

2017.6.21

一株芹菜的美在哪里

一株芹菜的美在哪里
一株苋菜的美在哪里
同样的问题我问过红薯

土豆，葱，它们生长旺盛
又被我来不及吃掉
开花，结籽，老去
过完自然平凡的一生
我不免问它们活着的意义何在
又反躬自省，这样的活着多好
这就是我孜孜以求的自在啊

2017.8.9

舒缓

这是开始吗?这么漫长的开始?
我倾听着一支舒缓的曲子
它诉说尽了平凡的人生
平安，喜乐，小小的波澜
我一直以为会有大事发生呢
我以为我们的爱情天长地久
我以为我们的友谊坚如磐石
我停留在众多的开始里
突然它结束了。它是什么?
如此偶然，短暂
好像今夜一阵一阵的凉风
吹过我的书桌，轻轻地掀起
一张纸，它消失了，那张纸
继续平静地等待着。这一切
都那么好。都像是，未曾发生

2017.8.30

被闪电照亮的人

在我漆黑的少年时代，闪电是如此稀罕
我的前途依赖它照亮，再黯淡，再照亮
在一连串的闪电下，我完成了自我教育
雷声不再压迫心田，瘦弱的身躯开始坚强
一个在闪电下赶路的人，紧抱着书包
保护着里面显然比身体珍贵的书本
雨水很快洗净了泪水，双脚早赤裸着
扔下了沉重的套靴。如果不是风大，路滑
这个被理想鼓胀的少年就要飞奔起来
他本无所惧，比一颗遥远的星星还要干净
闪电离开了学堂，已经照亮村庄
那棵被劈过的老槐树伤疤显露，静默着
代人受过。我赶在最后的闪电光耀下
走进家门。把过去的自己丢在了外面
多少年后，想到自己曾是个被闪电
照亮的人，便渴望比漆黑更深的孤独

2017.9.2

突破

魏晋乱世中，诗人们唱了
二百年的忧郁之歌。一代枭雄曹操
无可奈何地说：对酒当歌，人生几何
竹林七贤们，也大都如此
阮籍不断地咏怀，咏怀
嵇康的《广陵散》，据说听到的人
都要吐出血来
鲍照行路难，左思狂咏史
只有老陶，渊明先生，从中突破
真正做了个农民。种豆采菊，饮酒乞食
不求甚解读书，弹无弦琴

终于看透生死，托体山阿
改变了一个时代的气质，并以此
影响到我大唐王朝，始扬眉吐气

2017.9.4

中元节

七月十五，抄二幅经
一幅给去世的亲人
一幅给在世的亲人
生即是死，死即是生，非生非死
小时候的这天傍晚，大人们
跑到外面烧纸，把小孩子
赶进屋睡觉。河灯闪耀
狗吠不止。今晚的月亮
只属于鬼

2017年中元节

捉放鼠

吃辣椒的老鼠被我捉住送走后
不久又来了一只。秋天的辣椒
已经所剩无几，它无其吃时
便会自动离开吧?我没想到
它居然吃起了吊兰，紫罗兰
这只更彻底吃素的老鼠已让我
没有了反感，只有深深的同情
我又准备了笼子，装上了肉饵
三个晚上过去，它不为所诱
那些鲜嫩的花草还在遭殃。今早

我拿了块快过期的饼干放在园中
一扭头发现，笼子里，无辜的它
安静地站着，似乎在反省
好吧，你将到一个更广阔的园子里去
花草也要自由地生长呢。阿弥陀佛

晚饭后，抄毕《金刚经》半页。一手提垃圾
一手提鼠笼。笼在纸袋里，上盖废纸
下楼，防盗门旁楼旁，一保安整理废品
沿途诵《心经》，未竟。路经占道烧烤摊
一爷们赤裸上身喝啤酒，其肚如弥勒。
十分钟后，过天桥，放鼠于小南山公园
其迅疾窜至黑暗草丛。其实我惶惶不安
比它更为害怕。回家路上，一老妇人
问地铁在哪。答：直走到头，再右转即到
到家后，还鼠笼于小园，赫然发现
上午投放的饼干已毫无踪影

我的老师

今天是教师节，我给天空
大地、万物，敬一杯茶
它们是我最伟大的老师
每每想到它们，仅仅是些词
我便难以想象下去
如同我难以想象脚下的大地
是转动的，难以想象天空中浮动着
无数的大地。而万物在不断地被发现
敬杯茶吧，再给童年的一个夜晚
一个孩子明亮的眼睛闪耀
星星正给他最好的启蒙

2017.9.10

生命如何延续

潘洗尘

生命如何延续

这些年　我拼命地种树
想若干年后
让它们替我活着
因此　我总是选那些
习性与我相近的品种
但我忽略了　自然界的任何物种
包括人类的基因突变
随时都可能发生

于是　我只有写诗
并且只写那些
与自己的生命
血脉相连的诗

我时刻提醒自己
要尽可能地使用
最有限的字与词
以期此刻不再过度消耗
自己的气力
将来也不至于过多浪费
他人的生命

2017.9.22

这些年的读与写

这些年　我用来读诗的时间
远多于写

我常常叹服于
那些分行文字的精致
与不动声色
有太多的人
可以举轻若重地穿行于
华丽的词语之间
让汉语的魔方
噼啪作响

而我　一个从小就没练过
童子功的人
就只能佯装自己
也空怀一身技艺
偷偷在深夜里雕虫
以衬托那些绝世
或根本不可能绝世的功夫
是多么的了不起

2017.9.22

这些年的读与写（二）

我们读"西出阳关"
感觉读的不仅仅是诗
还有文字里慷慨悲歌的尚书右丞
以及立于他身后的千古大唐

而今天有太多的诗
身束于词语的高阁之上

诗人早已消匿于文字之外
更不用说我们这个时代的疼

2017.9.22

伊沙的留言

一个月前
在我发的一首
肝肠寸断的诗后
看到一条留言

他说　在自己的母亲
离世二十多年后
每每想起
心里还会钝痛

那一刻
我感觉伊沙不再是朋友
而是
亲如手足的兄弟

2017.9.16

无题

人这一生
所能经历和见证的一切
皆为无常

唯一可以确定的事物
自己却看不见

幸存的人们管它叫
死亡

2017.9.7

答天问

一个人究竟坏到了怎样的程度
才把所有人都衬托成了好人

一个人到底有多么邪恶
才让我们怀念所有的坏人

2017.9.5

惜——

我用大半生的时间
换了不到300首诗
她们大多都与土地　时间
以及生命有关

如果你能从这一堆词语中
读出一个字——惜
我这大半生啊
就没白写

2017.8.2

一个背着书包的女孩儿在哭

深夜　十一点多的天空
下着小雨
我在住院处楼下的一个拐角处
看见一个背着书包的女孩儿
坐在地上哭

女孩的头发　已被细雨淋湿
她不是在抽泣
而是在放声地哭
无助地哭
绝望地哭
那哭声　让我的心越抽越紧
但我还是很久也没有上前劝慰
只是心里
默默地陪着她哭

我想　一定是她的父亲或母亲
此刻正躺在这栋大楼的某一张病床上
而她很可能是刚刚笑着离开病房的
一个看上去只有十三四岁大的孩子
已然懂得什么时候应该坚强
什么时候才可以脆弱
此刻　我想如果自己可以替她的父亲或母亲
躺在病床就好了
深夜的冷风细雨中
一个背着书包的女孩儿
比我更需要温暖的家

但瞬间　我又为自己善良的自私所恼恨
老天啊　究竟用什么样的代价
可以换来两副健康的身体
一副去解救这个女孩儿的父母
一副解救我自己
因为有一天

我也不愿看到自己的女儿
这样哭

2017.7.21

无关生死

虽然说癌症
也许是生命结束的最好方式
它可以让你从容地收拣过往
整束现在
处理后事

但如果有可能
我还是想把那些
哪怕是籍籍无名的日子
劳碌的日子
清贫的日子
甚至是小时候挨饿的日子
都再有滋有味地
过一遍

2017.7.18

分水岭

2016年9月12日
是我对时间认知的分水岭

在此之前
每当遭遇痛苦　挫折
或者危险的时候

我的心里
总是会或多或少地抱怨
时间
怎么过得这么慢啊

而在此之后
哪怕是深夜里做了一个
冷汗淋漓的噩梦
醒来后也会觉得
时间太短
太短

2017.7.18

时间里没有辩证法

即便是心心念
明天会更好

也绝不宽恕
今天的恶

更不能
为今天辩护

2017.7.15

我有限的热情已成余烬

一直以来　就经常遭到抱怨
看上去你对这个世界那么热情
为什么对我那么冷

对此　我就一直懒得解释
其实我的精力有限　所以热情更有限
尤其是生病以后

这半生　我把有限的热情给了诗
甚至很少再给诗人
我把有限的热情给了爱
甚至很少再给爱人和爱情
了了出现以后　我把有限的热情
给了女儿　就很难再给其他女人

而现在　我有限的热情
已成余烬

2017.4.5

他们

对一群正在辱人母欺人子的歹徒说
老子没空理你们

那边　还有一帮诗人
要读诗

2017.3.26

时间真的不够用啊!

修炼了半生
我也只能在读诗的时候
在绿荫场边

心底通透　目光清澈

而在许多事物面前
我都只能是一个
贼眉鼠眼的人

2017.3.22

写给太子

一路从东北跟到西南
我的这只11岁的约克夏
已当了大半辈子的
太子

太子　你到底是谁
连我自己也说不清了
我的孩子?
抑或我的朋友?

记得从你七八岁开始
我就黯然地为你
在花园里默选墓地　默记碑文
虽然从你一进家门
我就大你43岁

可是我的太子
当2016年的8月29日
当我得知自己始终与这个世界
肝胆相照的肝上也长出了肿瘤
我的内心　竟然生出了一丝
如此自私的念头:

我终于可以在你和所有亲人的前面

走了

2017.3.13

最后的请求

如果说这一生
还有什么怕的事
不是死
而是透不过气

所以我请求
死后不要埋我于地下
不论黑土或红土
更不要装我于任何盒子中

算了
我清楚请求也没个鸟用
还是有朝一日
让我一个人坐毙于苍山
或小兴安岭的深处

一个人化作肥料的过程
你无须知道
但终有一天
你会看见远处有一株马缨花
特立独行
或一棵白桦树
挺着铮铮傲骨

2017.3.13

恶性的一年

X光下
这真是恶性的一年

绝症开始缠身
往昔仅有的
可以做一点点事儿的自由
也丧失了

好在这一年
并不乏善可陈的记忆
还有很多
比如茶花落了
紫荆才开
抽了四十年的烟
说戒就戒了
从不沾辣的女儿
开始吃毛血旺
和水煮鱼

2017.2.26

我曾纵容了一个坏人

由于11年前我没有报案
冉某某　现在我只能叫你失联员工

五十一万五千　我知道你拿走这些钱
一定有你的苦衷　我更知道
如果当时我报案　你关机和逃得再远也没用
但一想到你会因此妻离子散坐牢很多年
我还是选择了沉默
尽管那时我也并不富足

然而　12个年过去了

你消失得无影无踪　连一声对不起都没有

此刻我写下这些文字

仍不是报案　更不想追债

我只是想告诉这个世界

我曾纵容了一个坏人

如果在这12年里　他每再害一个人

都应该是我的错

在此我留下他的姓名　身份证

还有他当年的忏悔书

以供世间辨认

岁末怀人

非亚

给商殇

我们坐在沙发上聊天，喝万力啤酒和一种
掺葡萄酒的雪碧，我们坐在那
大声地讨论政治，经济，文学
影碟，和一段小提琴鸣奏
更多的时侯我只是充当一名听众
给他们倒酒，添茶
就像商殇，他信上帝已有几年了
他坐在我们中间，在我们的
狂呼乱叫中，他也有异常的平静

给小引小箭他们的一首诗

有空喝酒
没事的时候
就在街上
走走
躺到床上睡觉之前
给远方的朋友
打个电话
告诉他们
武汉今晚
还是能看到
月亮的

浮游动物，或者写一首诗给曾蹇

冷风从窗口吹进，如果追踪
这些风大概来自于广西省之外偏东北的长沙，更准确一点大概是
来自越过你身边的浏阳的一条街
你说冷
说孤独
你说进房间后温暖了一点（电话传来很大的汽车的喇叭声、尖叫声
和行人的喊声）
而我这里
夜色早已从天而降
灯光在头顶
照着我
照着椅子上一个戴着耳机的中年人
电话的另一边
一个内陆的大海翻滚着寻找出口
鲸鱼喷着水
我们都惊奇于宇宙中的这个发光体

而我们

大概是

最最幽微的那种

7月31日和黄彬李书锋以及小徐在街边小饮谈到死亡

雨

又下了

总之是酒在喝着我们

一个很脏的墙在我们身后两米以外

人来

人往

灯

把大街照亮了

两个穿着随便的师傅在炭火上

烧烤食品

女老板在那里微笑

她过来

收掉我钱包里的若干元人民币

指针，到了午夜十二点

在一个临界点上我们一直坐着

桌子下面

有我们无法感知的东西

电话，从一个地方

打到另一个地方

然后又挂了

我们继续

酒瓶横七竖八

剥开的花生壳洒落一地

我们谈论的东西

类似于一些

烟雾

一些未知的东西

让我们的嘴唇涌起表达的欲望

但语言，苍白

又轻佻
比不上一棵树来得实在
哦，汽车
飞驰过来，然后周围
又迅速陷入安静
炭火的灰烬，倒在一个
垃圾桶里，然后
被一个女工
用水浇灭
我们站起来，在路边分手
一辆红色的出租车，带我离开
几个小时前很小的
一块土地

给杰克·吉尔伯特

年轻时你那么英俊，现在你老了
一个人，孤独地徘徊在房屋后面的花园
那些光线，从树叶之间
落下来
你一个人，静静地，行走在一条小路上
你，听见了什么，溪流和湖水在远处
发出一种喧嚣，只是死亡
像一种从泥土
升起来的意识，犹如阳光
落在你脸上的阴影

4月20日晚在杭州灵隐寺附近听潘维谈孤独

餐桌上，潘维在我对面
一次次向我谈起自己的孤独
让我相信，可能真是有一种东西

将他包围或者直接刺入了
他的内心
以至于他，要么被包裹在一种灯光般
橘黄色的光芒中，也或者
向外渗透出一种
暗红色的东西……
孤独，我的舌头接过这样一种话题
就好像它是一枚橄榄
植物的清香开始在舌头上
弥散
我吃掉它的肉，然后吐出它的核
那么坚硬，尖锐
被一种来自岁月的时间压缩而成
我的左边，是江离，而右边，是胡人
和他美丽的妻子，我们有时
好像都暂时地
为这样的话题而陷入极其短暂的
沉默，菜肴的汁在碟子边缘
凝固
酒不再动荡
而我，背靠窗口
感觉到了弥漫于周围的夜色
和穿过窗帘的风
是的，此刻，突然到来的一场雨
让我听到了敲打在树叶和地面的水滴
噼里啪啦
那么坚定，缓慢，清晰和有力
一颗一颗，在夜空下
闪耀着幽微的
蓝光

11月3日和小箭坐轮渡过江

我们买了两张船票，从铁栏杆

穿越过去，在轮渡码头

有一艘船，白色，双层，开敞

像一个巨大的鲸鱼浮在水上

旁边，是长江大桥，小箭说

那桥头堡设计得真不错

我看了看，觉得比例稍微小了一点

不远处，一截通往江边的台阶

几年前我曾站在那里，江水滔滔

迷茫，浑浊，又空洞

有上游冲下来的浮萍和一些漂浮物，我们

选了二楼靠栏杆的位置

以便更好地，观看远处的江景

自由地被风

吹拂

我们，都说了些什么

也许只是一些无用的废话

对时间的感慨，或者

赞美

可这不重要，重要的是

我们此刻就在

船上

我们，要去武汉关一带，那里

有巨大的航运站

有步行街时髦的漂亮姑娘，老房子

和电力机车

汉阳那一带，确实有不少的树

（我想起邓兴的诗《汉阳树》）

可现在，我们的周围

全是一些等待过渡的陌生面孔

当船靠码头

下午散淡的阳光中，我们尾随着人群

涌向出口，像两条鱼

滑向了凌乱的

岸边

多好的一天啊

多好的一天啊，我们坐在那里喝茶
聊天，两张椅子
一盆炭火
外加一具喝完再加水的茶壶
白色的水汽升腾起来
很快又被周围的冷空气吞没
我们穿着厚厚的衣服
不时搓着双手
谈论一些
事情
多好的一天啊，我们坐在那里喝茶
聊天，慢慢消磨膝盖上的时光
在屋顶的露台之上
云朵也安静下来
停在空中
而我们的身体之外
是远处的田园
城镇
和一幅冬日里展开的山水

赠友人

我想邀你一起，去某个乡间
有山，有水，有不错的田园风光
靠河边的农家有宽阔的木制平台，从傍晚开始
我们围着一张餐桌
在那里喝茶
水，烧了一壶又一壶
茶叶，反复浸泡之后又换上
新的
这是我们驱车几百公里后
来到乡下的一刻，从江面吹来的风

抚慰着我们的灵魂
我知道
我们的手上，永远都有抛摔不掉的琐事
如同水流下的岩石
当我抬头，朦胧的烛光映照出周围的一切
蓝色的夜空滑过一颗星
我的心，在均匀的呼吸中，犹如水面
产生一些难以觉察的涟漪

致某个同事，一个很清瘦的建筑师

他说他退休后就干些自己喜欢的事情
比如开车，去郊区的水库钓鱼
或者去公园散步
早餐后在家里烧一壶茶
上午会看一会书
翻今天的报纸
中午简单地煮一些面条
番茄加鸡蛋外加
一些葱花
下午他会午睡
起床后继续喝自己的茶
顺便再看一会书
一顿忙乱的晚饭之后他会选择
出去走走
看月亮是不是还挂在扁桃树
和木菠萝树之上
偶尔会给一个老朋友电话
大部分时间
安于平静的生活
午夜，他会在纸上写一些文字
或者在阳台凝视夜空
当他站在窗口
他知道并明白死亡

犹如黑暗中不断拍击岩石的大海
在远处，散发出
哗啦哗啦的
声响

给ZWY

我打电话给你，电话里传来嘈杂的声音
你在开车
刚打完球，吃过饭
我问北京那边冷吧，你说，雪都没下呢
我说这边挺冷的
你建议我买个电暖器
我说不用
我建议你今年有空就过来玩
你说看机会吧
你驾车行驶在北京的冬夜
我待在南宁的某个角落
向你拜拜
保重
互道晚安

献给奥哈拉

那天我跟你说，我还有一年零五个月
就四十岁了，这意味着我以后
永远不会再有三十，有一天，我在一个论坛上
看见一个朋友，对一篇评论我的文章说，一些人
已不属于青年诗人，这一点，我
完全同意，我更愿意我现在
就是一个老年诗人，拿一把雨伞
或一根拐杖，指指点点

愤愤不平，或者骂骂

咧咧

我认为，把城市弄得一塌糊涂的家伙

都是些混蛋，而另一些贪婪的家伙

就该下地狱，三十八岁，没什么

可怕的，我依然

愉快地旅行，在天上

飞来飞去，但在起飞之前，我总是

闭上眼，祈祷上帝

让我平安地

回到地面，我

还有很多事情要做，比如写诗

工作，陪儿子在公园玩耍

在一个酒吧

与你干上两杯，我不愿就此

结束，今天傍晚，我在报纸的一角

又看到有关奥哈拉的一段文字，四十岁那年，他

因车祸而去世

岁末怀人

一年就这么过了

我在灯下回头去想

没有特别的大喜大悲

一切平静得

像一条树木很多但人很少的路

我从路口的这边看了看

然后开始向前走去

没有人知道

这一刻我想念你啊

你一切还好吧

我这么想着的时候

树木掉下了一两片叶子

汽车

一阵风似的开了过去

一生的问题

于贵锋

两棵槐树

有两棵槐树，一棵洋槐，一棵面槐。
有两座坟，一大，一小。

一棵槐树开甜甜的槐花，结褐色的槐荚、黑色的槐籽。
一座坟上草绿，草枯。
另一棵槐树也开花，黄绿色的花序，结一嘟噜一嘟噜，绿黄的槐籽。
另一座坟上草枯，草绿。

它们在南边村口，一块高一些的平整的地里。槐树上落过
很多麻雀和白雪。白雪和麻雀，也曾落坟上。

现在坟不在了，不是人复活不需要坟了，而是魂已经散了。
现在两棵槐树还在。它们还是能够看到村子发生的一些事情。

喜鹊。黄月亮。英语单词

渭南镇车站前的一条公路，向西，钻过一个排洪道
继续向西，向南，再向西北
就拐到了卦台山那些刻满长横、短横的石阶下。
在这条路上，一棵槐树上，我见过一只喜鹊。
"喜鹊。儿子，这是喜鹊。"儿子看了看
我们继续走，路上满是槐树叶，干绿的，绿黄的。
那是四年前吧，在回来的路上，一座教堂的上方
有轮刚升起的，很圆的黄月亮看着我们。
今年十月，我们又沿着这条路，去卦台山
儿子给我们提着苹果、葡萄、橙子、月饼及锅盔
很重的，走在前面。他说，他曾和我走过这条路
我逼着他，背英语单词。我突然想起了喜鹊、黄月亮。
槐树叶落满一地。"你记得吗？那棵槐树上
曾经有只喜鹊？还有我们往家里走的时候
那只黄月亮？"儿子说他不记得了，喜鹊和黄月亮
都是我编出来的，他那天根本就没见过

验粮员

毕业后你分配到南河川的一个粮站。
在门外看着几棵白杨树，满院的积雪
想象你像我们都曾在炎炎夏日下见过的验粮员
"嚓"的一声把带槽的钢刺插进麻袋里
是啊，他对我们说的，是行，还是不行？
嚼碎的几粒麦子被唾在地上……
房子里传来吉他弹奏的《献给爱丽丝》
那首你弹得最好的曲子……一阵风
卷起雪粒，打在我被酒烧得热辣辣的脸
院子的外面，是穿不透的黑暗
白杨树的头顶，星空寂寥……
我所有的记忆，到此为止
此后，你去做什么，我都是听别人谈起

比如，贩购苹果，你只要那些与一个铁圈大小一致的
其严格，让我老想起那个验粮员
或许，粮站给予你的比任何地方都多，甚至
它开发了你，改变了你，拓展了你
你是不是你自己这不重要，但你肯定是粮站的杰作
你愿不愿意是你现在的样子，——现在你是什么样呢

都逃到时间中去了

穿过田野
一边想儿时的事，一边尝试
打开微信，登录博客、微博
流量在消耗，而外部的消息
正在搜索。藏头露尾的恰是
一阵风，以及蓄水池裂缝里
的一只死老鼠
河在远处
被用尽了
如同生与死在春天并非什么大事而蛛网
半小时前缠绕在门头上半小时后结在
试图穿过的一片树林：一个我
拿着石头砸蛇脑袋
另一个我，拿着手机不停地照
而林花、林果都可以吃，甚至柏子
也可以尝尝
柏树老了，裂开了，裂处又长出
柏树来
满身是柏叶味，柏子味。流淌一半
便固化的树胶：都逃到时间中去了
像我逃到了现在熟悉我的人从来不知道的地方
这是一条土路
这是我的过去
这不属于任何试图想拥有它的人
我属于手机，属于散落各处的鸡毛蒜皮

属于一个院子里小花圃的砖块和深埋的芍药的根块
但细雨不属于我
进门左手
是父亲的墙梅母亲的灶房
是我的蔷薇我的碗

好孩子

她四十多岁，他八九岁。
她说了一句什么，他朝她吐唾沫
唾沫星子没有飞出，但舌头和嘴唇确实发出了唾声。
她一把揪住他的耳朵，把他从路上，揪到了学校
他的老师和同学的面前，在他的母亲来时
也不肯放手。

她一边揪着，一边骂着。
他知道，他的耳朵就要被揪掉了。
他哭着，他说他没有唾她。
她平时就很凶。
而他，向来是一个听话的孩子。

所有的人都开始谴责她，不相信一个小孩会
向一个大人吐唾沫。
终于，她松了手，但骂得更厉害。
他继续哭着，但当她松手的一瞬
他自己也相信他没有唾过她，连唾的声音和想法
都从来没有过。
多好的孩子啊，他学习好，乖，安静。

一生的问题

有和无（不是多与少），是我的根本问题，一生的问题

有无之间

一条河流将一片土地分为阴阳与南北

就像另一条河将我现在居住的城市一分为二，又合二为一

牧羊人老黑

一抬头　就看见他在山坡上走着
像一个影子
仿佛要把山山沟沟里的每一棵草
都用脚踩遍

岔里人喊他老黑的时候
他是羊群中的一头黑羊
但我相信　羊从不会把他当羊看

据说他打起羊来下手很狠
就像年轻时打他老婆一样
甚至还把羊当人骂
羊和人都很愤怒

老黑的好多事儿
只有老黑和羊知道
老黑不说
羊怎么会说呢

后来老黑死了
据说是一只公羊愤然跃起
把他撞下了悬崖
岔里人只说　唉　这个老黑

在他的一生中
我从没有走到他的面前
和他抽过一根烟
我常常怀疑　岔里是否真的有过

老黑这么一个人

在全岔人的目光下
出了岔口
从此没了消息

老板李蛋

老板李蛋的工地出事儿了
一根钢管倒下来
砸着了一个农民工
有人说他赔了几十万
赔成了穷光蛋
跳了黄河
有人说他没有钱赔
撂下工地一个人跑了
下落不明
也有人说他被农民工的几个兄弟
打了个半死
正躺在医院里
更多的说法是
他被关进了班房
恐怕没个十几年出不来了
所有的说法
都对李蛋不利
可那天下午
李蛋忽然来到了岔里
这让岔里人吃了一惊
他从岔口一直走到岔垴上
在老先人的坟前
"咚"的一声跪了下去
烧了那么大一堆纸钱
仿佛要把自己所有的钱
都烧给先人看
岔里人不明白　不节不令的
他这是干啥
李蛋好像给老先人说着什么
说了那么多
然后站起身来拍了拍膝盖上的土

福贵家

住在杏儿岔山背后的福贵
那年没灾没病就没了
岔里人说福贵积了个好生死
也积了个好儿媳妇
这样说时　福贵坟上的一片冰草
被风吹得扑扑燎燎
像放羊的福贵把那草点燃了似的
只是此刻连我远房的妹妹
也没有注意到这个细节
她只关心今年麦子的成色
远房妹妹是福贵的儿媳妇
福贵的儿子也不在了
是那年在去县城赶集的路上
从拖拉机上甩下来不在的
那时他怀里抱着一只母鸡
那鸡扑腾腾飞出去好远
然后跑进草丛就不见了
当然也不见了远房妹妹的花汗衫
还有他们的女儿好看的书包和铅笔盒
我的红脸蛋的远房妹妹
就两颊都白了
红处红白处白的远房妹妹
后来把她的女儿供进了大学
一个人在岔里住着
有人说　应该学着古代的样子
给她立个牌坊
远房妹妹就朝那人的脸上唾了一团
从此　岔里的男人就都远远地躲着她

在表叔家

小时候我在表叔家门口的学校里念书
我和表弟好得像穿一条裤子
下雨天我和表弟就爬在他家的炕头上
喝着表婶做的拌汤写着生字
字都写得歪歪扭扭
像表婶的拌汤中大小不一的面疙瘩
那时　表叔就坐在我们身边
不停地捋着山羊胡子
呼噜呼噜抽水烟的样子
好像他一直就那么老
老老地看着我们的年轻和不懂世事
偶尔说起些往事
老得就像拐弯抹角的老县志
比如同治爷的时候　杏儿岔有几户人家
比如袁大总统的时候
我们家怎么和他们家成的亲戚
还比如那年咱这里过队伍
谁跟着走了　一辈子都没有消息
说着说着
屋里就只剩下比他小十几岁的表婶了
表婶如今坐在空空荡荡的炕上
老得连颗热洋芋也啃不动了
忽然想起一个童养媳的经历
她就会一个人咪咪地笑
把卧在身边的小狗也吓了一跳

七爷

当阴阳先生的七爷
一辈子打神骂鬼
那年却跌倒在自家的门槛上
再也没有起来
据说是上门寻仇的鬼

在背后推了他一把
七爷被埋在岔垴上
他自己选定的风水宝地
那地方埋着明朝的一个大员
七爷躺在大员的脚下
好像从此就和大员攀上了关系
好多年后　七爷的一个孙子
考上了大学
岔里人都说七爷给自己占了好风水
只是七爷过世以后
岔里再没出过阴阳先生
神啊鬼的
就再不和岔里人打交道了

老杨

据说老杨年轻的时候
曾扛着一袋洋芋种子在河边上走着
忽然看见河边上晕倒了一个姑娘
老杨犹豫了片刻
就从口袋里摸出一个洋芋
给姑娘嚓嚓嚓地吃了
他再给一个
姑娘也嚓嚓嚓地吃了
接着　姑娘就坐了起来
给老杨磕了一个头
给老杨的那袋洋芋种子
也磕了一个头
她说　有洋芋吃
怎么会没有好日子过呢
她不知道老杨只是一个长工
只感觉洋芋的种子
已经在她的心里开始发芽
过了几天　姑娘就叫杨婆了
岔里人说杨婆好看得像洋芋花

杨婆活到60多岁就去世了
可老杨活到快80岁了还很精神
前几天他把抽烟用的打火机掉到了窨里
他二话不说　就在腰里绑上一根草绳
把自己吊下去摸了上来
看打火机还能打出蓝幽幽的火来
浑身湿透了的老杨就嘿嘿地笑
此刻　他蹲在自家的门槛上
守在自己的故事里
吧嗒吧嗒地抽着旱烟
仿佛一片一片的洋芋叶子
从他的脸上轻轻地扫过

德生家的事

德生媳妇跑了
德生去找媳妇了
但一去都没了消息
只留下三个孩子
像三块小小的黑石头
支起家里的那口破锅
过了一年
大女儿被岔里人领走了
又过了一年
二女儿也被岔里人领走了
但几年过去了
德生的儿子还在家里
我见到他时
他正帮老王家杀猪
那卖力的样子
像是给自家干活
他说等过完年
就去城里打工
自己挣个媳妇回来

说时　脸已经红了
像小时候的德生

想起堂姑

几年前堂姑得了一个治不好的病
医生说只有半年的时间了
儿子就给她准备后事
她却打了儿子一个耳光
说她偏不死　看谁能把她埋了
她硬是坚持了好多年
但最终还是被她儿子埋到了祖坟里

堂姑的一个儿子是风水先生
在岔里干着打神骂鬼的营生
常常坐在别人家的炕头上
掐着指头数子丑寅卯
她的另一个儿子瘫痪了多年
那年我从堂姑家出来
看他躺在门口的一张狗皮褥子上
向我微笑着打招呼
那是我见过的最沧桑的一张笑脸
至今还沧桑地笑着

那天　我站在堂姑家对面的梁上
看见人世间的一场大风
正从岔里刮过
大风里　堂姑和她的两个儿子
面目都有些模糊

尘世之上

亚楠

戴眼罩的鹰

它把孤独留在暗夜里
疼痛和寂静。风的利齿，英雄
泪都在记忆中

河水汹涌，前朝事
被寂静拍打。这忧伤来自内心
和闪电的恩赐
卷积云密布
在流亡的陷阱里打着呼哨

愤怒一直燃烧
宛如旷野中的篝火。这量变的
过程隐藏了谎言和秘密

这救世主，雷霆
打开它的翅膀——我要飞翔

朝向天空，我要凌空
而起。放下黑暗吧
龌龊的脸正在腐烂……所以
不必再说什么

人间荒芜，虚伪的手
已经无法支撑真实的天空

一匹孤独的马

它面朝山谷，带着秋风
的阴冷。寒鸦在岩石上啼叫
冰凉刺骨
若严冬汇聚苍凉——

这惆怅，是夜之鸟
回到故乡。草原空阔，秋水
潜入梦境，狼嚎
在远处把夜归隐。而
季节已经隆起

若悲悯。从高处垂落
的星光四散。衰草稀疏，落叶声
掩埋了忠骨
被记忆留住的风依旧
为灵魂疗伤——

啊，大地静默
众鸟归林。它的嘶鸣漫长
忧伤和残梦，在群山之巅眺望
时间玫瑰。红隼

将被纳入它的龙骨
灵魂不死……山谷在雪野上
举行春花葬礼

钟摆

两只乌鸦：射击
这古老的游戏被黑夜典藏
关于同心圆
反复击打，朝外扩散的

视域忽远忽近

英雄泪，被英雄腰斩
被放进海星星
和它的吸盘。因此，我记住
的一个古战场
深秋了，落叶纷飞

尸骨未寒呀，进入
沉沉夜幕中。亡灵四处游弋
神符在静谧的屋宇
迎接他的亲人

请记住吧！夜与昼……对冲
大气层交换的宝剑

关于春天

我记得巴尔盖提，青草
像一群孩子。童心穿过亮晶晶
的雨幕，燕子把寓言
装饰在云朵上

还乡的人念着颂词
为山河作证，也让奔驰的马匹
带着他的枯荣

汇聚在黎明。晨曦
以大地为家，沿着山谷呼唤
布谷鸟的歌唱
让春天更加妩媚

花朵被时间照亮了
溪水欢娱，仿佛一场盛宴

把草原唤醒
不远处，山鸡在林中

用忐忑之心窥探
一匹马嘶鸣。另一匹用目光
寻找它的主人

乌鸦的啼叫

幽灵般隐于黑暗的
湖泊。它啼叫，带着镣铐
和电锯的声音
在预言与谎言之间，隔代的遗传
潜伏很深

欢呼吧，你们
这些罪人！在阴影中
用放肆裹挟雷霆。也会得到
爱情……坚果
还有上帝的恩赐

暴露它的软肋——
这嘶哑的轰鸣，被狂风遮蔽
并筑成纪念碑

你看啊，一堵墙竖起
在它的屏幕上，信念进入墓穴
……宛若一个隐喻
黑暗被魔鬼劫持。这时

乌鸦啼叫，垂死之人把他
的手握得更紧

尘世

那些低矮的背影，那些
前朝旧事，隐于时间里。它们用
细小的藤蔓连接我
像一声叹息。都荒芜了

人生怪诞，乌云
在高处统领。那些潺潺流水
被谎言置于死地
那些风，吹不动一具尸骨

却吹皱了年轮
和骨殖下那些奔走的亡灵
他生于斯，也终将
葬于斯……他成为土地的

一部分。显然
落叶回到根部，轮回
这时空旋转的过程，是宿命
把冷漠变成花朵

也把废墟变成花园。但
谜底隐于山坳。从不示人，却已经
返回内心……若黎明
唤醒了良知

蝴蝶花

落在草尖上。微微颤动
的根收缩，如天马的翅膀被风
裹紧。尘世之上
寻梦者回望，银河被
冰雪拦腰折断。物欲横流

世界黑白颠倒
盗火者饱受皮肉之苦

而季节正适宜飞翔
阳光柔软，鸟群在山林踏青
和煦的风起伏
心绪被揽入花丛——
这时候，蝴蝶花从梦中醒来
带着微笑，和昨夜
坠落的星辰

岩石上的绿苔

被水涵养的图腾
在密林，开花的石头上光与影
呈交织状。爬地松以
蜷缩的肉身忏悔
千年梦，和大地的辉光

山鸡在远处打鸣，起伏
恍若春水。自远而近的晨曦轻轻
晃动，被寂静延续
被它的梦收藏

露珠依旧明亮。金雕的
翅膀拍打，如闪电带着忧伤
光阴在流淌
或隆起，若悼亡诗

镌刻在岩壁上。但我相信
春天，布谷鸟的
小夜曲。拥有明净与温暖
爱和慈悲——

在高处，引领我吧
向美向善……以敬畏之心让
灵魂获得安宁

来到隘口

这时候，天空暗下来
左边的云杉挺拔，就像卫士用
庄严捍卫国土
而右边，一只乌鸦在悬崖上
不停地啼叫

远山起伏。如影随形的
梦游者在布满荆棘的荒野发呆
欢娱，或者进入沉思
并非两难选择。问题是谁
会先到我的梦里

比如报春花。抑或
啼血的杜鹃，在薄暮低垂的黄昏
用内心的火焰呼唤我
啊！不要再迟疑了，远方
相思雨倾盆而下

野鸭

它漫游，在河湾深处
用悲伤呼吸。多么孤单呀，早年丧子
现在又没了老伴……它
诅咒枪口，和陷阱
……在阳光下制造的死亡。人类

多么贪婪啊，残忍如
决堤的大河泛滥。物欲横流
恶之花盛开
被践踏的美碎落一地

它迎着风，渴望爱
能够抵御阴冷。抵御无耻与野蛮——
就让宁静回到宁静本身吧

但现在，它只能
孤零零的。面对虚空，疼痛
和忧伤……它
只能承受。擦去心头的血，只能
在静默中安放亡灵

光阴谣

瓦刀

无聊志

阳台上的皮鞋，落满灰尘
记不清多久，反正很久没穿它了
不穿，就不用为它擦油、上光
离开我的脚后，鞋面上的皱褶
好像又密集而深沉了许多

坐在假日的秋阳里，最无聊的事
莫过揣摩一双皮鞋的心思
作为鞋子，它不可能有什么思想
它能够做到的就是——
静静地待在角落，把灰尘当成沃土

后花园

一连七天，不见太阳
天空像一个重度忧郁症患者
扯着父亲，一步三晃
从叹息声中朝我走来

他上衣纽扣，没有一粒找对位置
这个被时光打败的俘虏
如今像一片废墟
沦为了乌云的殖民地

当我将纽扣一粒粒为他扣好
他歪斜佝偻的身躯，明亮起来
一边儿是旧社会，另一边儿

像新社会

想念它们的泼妇刁民

光阴谣

细雨无骨，照样举着一把锉刀
将伟岸的冷秋，一寸一寸锉短
秋天，终要沉沦在这雨水的绵密里

——"不要说自己顶天立地
这尘世还没有一口顶天立地的棺材"

枫叶被秋雨反复冲洗，红得狂野
是一棵树暂时的欢娱，不代表秋天

一个人来了，一个人走了
一个人守着湖光山色，想起了刀光剑影
一根白发，落在黝黑的地板上

尘中行

寒流一来，风就来了
闻风而动的是草木
望风而逃的一定是尘埃
一个人在人群中逆风而行
身藏尘埃般的惶恐
我裹紧单衣，任凭它们
穿过我的身体
漫过我的头顶
哦——肝胆不再相照
唇齿，不能相依

梦驼铃

骆驼走了，去了沙漠
我深知一匹骆驼的委屈
不知骑在它身上的人是否知道
不知沙漠有什么好
风摇枯草。黄沙漫卷。胡杨无声
我看不到它深藏的心思
唯有叮当不绝的驼铃声
像一剂剂蒙汗药
将我麻翻在一枕枕黄粱之中

假山颂

一座假山，不会因为假而羞愧
它也有沃土，有羊群吃草
假山有假山的真欢乐
草木肥美，昆虫合唱
——俨然像个新社会
合欢、冬青、广玉兰
簇拥着，不谈论高低贵贱
一木得道，众草木闻风起舞
弹冠相庆，虫豸不能升天
山下新移来的梨树、山楂树
无冠可弹，窃窃私语
说着曾经的穷山饿水

广场舞

衰老的躯体在广场获得了解放

不，应该是绽放
是三角梅、百日草、苦菜花们
一次集体无意识的绽放
摆动。旋转。脚步凌乱
湖水般的灯光被搅出阵阵漩涡
只有领舞者把汹涌的节拍踏在脚下
有人匆匆而过，有人驻足
让我侧目的是她颈下那块复活的兽骨
似曾相识，像我读过的佳句
却想不起出自哪一阕词
整个晚上，在我脑海里飘来荡去

大结局

荷叶正欲离茎去，忽见秋莲尖尖角。
——这是我为一幅画的配句。
我无意抒情，也无意说出
它们之间的某种关系。
无论是前仆后继的默契与暧昧；
还是相见恨晚的悲喜交加。
它们最终的关系是毫无关系。
就像你看见的高山与流水；
看不见的权柄与时间。
就像这盛大苍茫的秋天，
有人追逐它的风光无限，就有人
感喟它霜降之后的内外交困。

对磁带的一次叙述

王音

童年

我的童年
和夏天有关
和夏天的晚霞有关
和夏天晚霞中的红蜻蜓有关
和夏天晚霞中的那只红蜻蜓
有关
每当我哼起
每当我唱起
每当我拉起
每当我弹起
每当我吹起
都和这首日本童谣
《红蜻蜓》有关

3/4拍
降E调的
每分钟60拍
的徐缓速度
典型的宫调式曲调
典型的西洋大调式
二部和声配置
总共只有八小节
总共只有两个乐句
也就是说
四小节为一个乐句
全曲只有两个乐句
也就是说上下乐句
完美构成了一段体
的《红蜻蜓》

那一天
和那一天的那只红蜻蜓
不见了
永远地
不见了
再见
只是在初醒
的梦里

C大调遗忘练习曲

我写下的唯一的一首练习曲
就是《C大调遗忘练习曲》

我常常洗完脸就练习
就像我练习24个大小调音阶那样练习
我常常上床前也练习
就像我练习肖邦夜曲那样练习

我一直想遗忘，但始终没遗忘掉
1946年冬天高密东北乡的那场暴风雪
以及1966深秋青岛南山上的那次被扫地出门
其实我是愿意遗忘的，而我右大腿内侧
的那个疤痕却是拒绝遗忘的

我写下的唯一的一首练习曲
就是这首
《C大调遗忘练习曲》

再写小酒馆

今天不写诗了

今天只写写昨天下午的那间
小酒馆
小酒馆叫
羊肉馆
但绝非是挂羊肉卖啤酒的那类
小酒馆
小酒馆就叫
羊肉馆
酒好
汤也
好
几个坏蛋常来这里
喝大酒放大屁
昨天跟冠华、黄金和祁文一起喝到了
天黑黑
独缺那个最早发现
这小酒馆的
王东伟

对磁带的一次叙述

A面和B面
或
B面和A面

A面完了期待B面
B面完了又接着再听
A面和B面
或不听A面继续
再听B面
或一上来就先从B面开始
听

A面和B面

或

B面和A面

均可以随时倒带

回到那个过去

磁带仿佛真的成了磁场

如梦如幻般

此刻A面和B面

即使被氧化了

即使被抹掉了什么

也温暖如初

听吧，又是磁头的声音

哆哆哆……

A面和B面

或

B面和A面

三段体之一

那个九和弦

一出

就刺痛了B

同时也揭开了A的

伤疤

A和B

几乎同时感叹

年少时竟不知

它叫

九

和

弦

飘啊飘

小说《飘》的情节很模糊了

电影《飘》的情节也模糊了

尽管费雯丽很郝思嘉

尽管白兰度很白瑞德

至今叫我记住的

就是原著的名字

Gong With The Wind

就是那句台词："明天会吹明天的风哩"

再就是那段音乐

那段音乐很大气

大气得很他妈的

瓦格纳

过敏症

杨勇

自省书

比准点的高速列车提前一步，小心地穿越着铁路桥，
顺便，被阴影涂改了一下，某处一黑，昨天有些寡淡。
加了厚棉袄，脚下今晨流动的枯叶，比碧绿时喧哗。
湖水却寒冷憋出盔甲，暗换年华，荡漾死去了。
红灯下，有些苍茫，像手机微信忍耐着消逝的流量
试着习练空，因为满眼的色，中年后身体里住满旁观者。
是否要相信死亡也是生命？那些断章取义的柳叶，
归根后，被清洁工扫走了，垃圾车掠走我的第46个深秋，
其实我闭眼，还是能看到雪崩，从我的两鬓，颠倒到众生。

小南海

在街角，粉色的门灯似乎比深锁它的夜色低调，
却让人的肉身一亮。三五个小妖，小发廊开阔的海，
防波堤崩溃时，招牌招摇处，加深了异乡人的思想性。
他们搁浅，从码头里汇聚又散开，积攒光线，埋名隐姓，
我看见波浪，冲洗的游泳池，八戒提着钉耙败走。
小南海潮流里失眠，梦游般，安眠药也医治不了他们的动荡。

树有风

落叶如悲咒，秋风里唱喏着起伏的亡魂。况且，
净土时时拂拭，蹦出弦外之宗，衰老皈依于绚烂。

餐桌多了五味，都是土里特产，都是动物利润。
懂得刹那，也就懂得了惊蛰，蟋蟀们不了了之。

落差处是工业，喜鹊衔来枯枝，通讯塔上筑修蓝图。
高隐择良木而居，进城后，它不必担忧过冬和伐檀。

人间开始烟熏火燎，黑煤涅槃，大炮超度着冷战期。
需要借助神祇，或者模拟野兽，互联的人长出阴阳脸。

过河处断桥，今年新长出独木，偏倚于养老院和幼稚园，
过斑马线时，穿盔甲的儿童一跃成了粉丝、豪侠和黑客。

应景诗

雨像集会者一样喧哗。倾向于自然，
队列里藏着闪电和惊雷，主义不过是低处和散漫。

决意于崩溃，一座憋死的大坝围着一个光鲜囚笼，

命运被修辞化，睡着也醒着，稍有风云就动荡。

今晨大梦失落于考验，高处的镜子出现了裂痕，
水在天籁里呐喊，收雨者多像谎花啊，随开即逝！

苟日新

过度消费的肉身被垃圾车收走了，
过度的古今愁却没有，它的因果有些没头脑。
在黎明，大悲咒里城池溢出又一轮声色，
呕吐的人不黑，清醒的人不白，做梦的人垮掉于日出里。

过敏症

他在暗夜走向自己的暗夜。分岔的小径上，
他同时出现在不同的暧昧里，春晚如温存，
夹道相迎的花香却是有毒的，它虚拟一个
病历，让他隐喻于分身的恐惧失去了踪迹。
然后他现身于微信中，以永久沉默的姿态。
一个充满斑点的青年，悬疑如出土的铸币，
正面解读时成了反面的歧途，而反向解释，
却鸿毛一样被晦风轻轻吹散。被过度医治，
被过度消费，他其实是个过敏症的传播者。
恰如反复重演的戏剧，散场的旁观者想散场
都不可能。跑偏的主题，都拐向乾坤的黑洞。
过敏于被迷路，过敏于履历上的一块癣，
甚至过敏于黄粱梦，过敏于风水和广场。
而分岔小径，还有更多的小径，带你通幽，
带你山重水复。前程，连走路都要软着陆的。
这寡薄的地皮，我们自己种下自己的种子，
像一个因果，患上了骨质疏松又恰逢失语症。

错位

柳沄

天是怎么黑下来的

天是怎么黑下来的
究竟是什么
让天黑下来的

黑得那么深
那么彻底
像即将淹没一切的潮水
但又不是

黑得我关掉屋里的灯
就看见了窗外的月亮
黑得月光一片也没有增多
一片也没有减少

黑得星星越来越密
越密就越像
读不懂的古希腊字母

哦，黑得
天下那么多的人
几乎同时闭上了眼睛
并且因为相爱
而同床异梦

想到草原

这么晚才想到草原
初春的草原，看上去
好像刚刚醒来的草原

这么突然就想到了草原
远在内心的草原
好听的双音节的草原
仿佛两只精致的杯盏
在约定的时间里
轻轻地碰响

使蓝天和大地挨在一起的草原
让奔跑成为蠕动的草原
为了迎接和送别，而把自己
铺向四面八方的草原

我从没有去过
那片一望无际的草原
但此刻，照在
每一棵牧草每一群牛羊每一顶毡房上的
阳光，也照在我的身上

手表停了

早上醒来
发现手表停了
那剑一样的时针，正对着
它自己的小腹

我的手表走到六点十一分的时候
就不肯再往前走了
时间却没有因此停下来

此刻，它带着
月亮那位忠诚的老仆
就要走出天边

楼上的装修同样没有停下来
还有窗外的风
风中摇晃的树
都没有停下来……
停下来的只是这块手表
它使"六点十一分"这个时刻
成为一只馊了的粽子
或过期的药丸

像我这种人已经不多
我的意思是：如今
谁会把手表停了当作一回事
但我固执地认为
——它停在六点之后
比停在六点之前
肯定更有道理

我的手表停了
停在停不下来的巨大响动里
什么时候，楼上
那两个砸墙不止的小伙子
能像这块手表里的齿轮那样
背靠着背
休息一会儿

一切仍在继续
包括这支刚刚点燃的香烟
吸与不吸
都在无声地变短

暮晚

背阴的山脚下
一头暮归的老牛
突然吼叫了一声
隔了不大一会儿
又吼叫了一声

声音远远地传来
又传向远处
低沉得像是它在使劲地吹响
自己头上的角

暮色越来越浓
可山的那边
太阳还在为结束
而不停地滚动
就像一颗头颅带着未干的血迹
在为失败而滚动

……消失是一件
多么费劲的事情

晒父亲晒过的太阳

坐在院子里
父亲多次坐过的
那块石头上，同时
和众多的遗物一起
不声不响地晒着
父亲曾经晒过的太阳

这是秋末的某天上午
天空跟往日一样

蓝得什么都没有

我坐着，一副
仍想坐下去的样子
像父亲留下的
另一件遗物

除了父亲的音容笑貌
此刻我什么都不想
不想照在我身上的阳光
与照在父亲身上的阳光
是否一样；更不去想
父亲坐在这儿与我坐在这儿
有哪些不一样

同所有的遗物一起
我继续晒着父亲晒过的太阳
直到灿烂的阳光更加灿烂
直到故去多日的父亲
在我的身上暖和过来

错位

总有一些鸡毛蒜皮似的小事
在我的周围走动
每当夜深人静的时候
它们就会踩痛几声尖叫

决堤的内心再次泛滥起来
使沉浮与挣扎不在一个地方
使试图拯救的人，一下子
沦为被拯救的人

但我什么也没看见

我只是像月光摸遍了
夜里的所有细节那样
记录下这一切

我只是像午夜的月光
翻越西墙那样
缓慢而又迟疑，从
一片梦里移向另一片梦里

在另一片梦里
西格蒙德·弗洛伊德他嘟囔着
将这个复杂的世界
还原为一滴简单的精液

打雷了

打雷了
——醒来之后才知道
外面打雷了

一下又一下
之间隔着
震耳欲聋的死寂

窗外的雷
愤愤地在窗里响着；在
我听得见和听不见的地方响着

到了后来
雷声轰隆隆地响成一片
越响越跟我没有关系

只是再也睡不着
把侧卧换成仰卧

依旧睡不着

今夜
似乎只有打雷
才是一件正经的事

至于失眠
至于辗转反侧
则是多余的

画一棵草

让草回到种子里
让种子回到脚下
然后我把它一句一句画出来
就像什么都没有发生

时间很快将早晨抛在了后面
将上午和中午抛在了后面
而我还在原地一遍遍想象着它的模样
就好像是它自己
在倾尽所有的力气
一下接一下拱出地面

那么艰难那么轰轰烈烈
可除了我，谁都无法惊动
那么矮小那么微不足道
使看见它的人
都得低下头来

很早我就注意到
许多非凡的人物
总喜欢以平凡的草自喻
一位又一位，中间

隔着扑倒和尖叫

我得让它离他们远一点
让它首先是一棵草
其次还是一棵草
我得让它知道
地球是圆的并且旋转
但从来都不是，以
哪个了不起的人为轴心

现在我开始画这棵草
画以露珠为泪水的叶子
画搂紧泥土的根须
而风在草背上一直是弯的
前和后，左和右都是弯的

常常是，风使多大的劲吹
它就用多大的劲摇晃
直到风再也吹不动为止
如果不是这样，那么
无论我把它画在哪儿
它都不像是一棵草

灯火

我愿意相信
——每个人
都是一盏
被神点亮的灯火

天色愈暗
就愈像一块
闪闪发光的污点

污点。污点。污点
甚至比不上短视的眼睛
相互盯着对方
一天天老去

从提笔到搁笔
又有一些灯火相继灭掉了
我还得
屈辱地亮着

下在夜里的雨

雨突然变得急骤起来
窗外，两栋灰色的高楼
不住地朝对方靠拢
我明显感到：它们
有挨在一起的巨大欲望

一切似乎无法预料
一切仿佛都在预料之中
我平静地坐在屋里
任屋外的风反复吹皱笔下
想象的积水

很早我就知道水往低处流
而人生又何尝不是这样
它使我想到一辆满载的独轮车
难以在又滑又陡的斜坡上
停留得太久

雨仍在不歇气儿地下着
雨中众多的草木纷乱而自然
另有一些我想象不到的事物
则一直栉风沐雨地呆立在

深奥的缺席中

但这一点都不影响
岁月在一张薄薄的纸上变黄
在一把油漆脱落的椅子上褪色
而那面泥灰斑驳的墙壁，又让它
不得不露出砖块一样的筋骨

我着迷于这样的隐匿
没有隐匿就无所谓暴露
此刻，雨使夜色不断加深
使这个夜晚，多年以后
岛屿一样站出来……

一场车祸

从没有见过
一个人像一张纸那样
"呼"的一声
飘起来

我是说
一个横穿马路的人
在和一辆刹不住的汽车相碰时
竟然跟一张纸一样
飘了起来

不幸是一柄
多么确凿的铁铲
它挖出的坑
那么大又那么深
除了死亡，还真的没有什么
可以将其填平

把一生变成一天
变成一天里的一个瞬间
是一件过于容易的事
此刻，他僵卧在血泊中
好比时针或秒针
静止在表盘里

但时间并没有停下来
上升的太阳也没有停下来
它只是比注视
更大地睁着眼睛

它看到的与我想到的
肯定是一样的——
数不清的沈阳人
正匆忙地行走在
沈阳这座偌大的城市里
车祸所荡起的阵阵涟漪
还远不足以波及到
每个人的内心

我也会很快将此事忘掉
尽管那么红的血
弄红了
所能弄红的一切

裂纹

你在我的梦里不停地哭
醒来之后
便再也睡不着

睡不着的滋味
只有睡不着的人知道

如同那件瓷
在无声地忍受着
一道无声的裂纹

那是不久前的某日下午
一次意外的撞击所留下的痕迹
但此时，它静默得就像
什么也没有发生

现在已是后半夜
极力想重新入睡的我
与无论如何也睡不着的自己
不断地翻身
不断地相互碰撞

你知道吗
——每次碰撞
都使那道裂纹
跟新的一样

我从未像现在这样感到自信
在这首诗写完之前，我不但
可以把墓碑比作一个人的背影
还可以把那顶金光四溢的王冠
视为病榻前的痰盂

心跳·墓碑·早上的太阳

把不顾一切的心跳
听成远去的足音
有什么不对吗

把残损的墓碑
视为一个人的背影
有什么不对吗

此刻，早上的太阳
正搁在六点一刻里
比起王冠，它
简直就是一顶王冠

如同虚构

余秀华

别宜昌

终是山归山，水归水，尘归尘
终是异乡升起的彩虹又落在异乡的水里
有这千古骚情，不见你在山门前屈膝磕头

大是大非大抒情，在为屈原的招魂曲里
我们一人拾起一个音符
国破家亡的柔情里，是一对一的星光和幻想

从此，你在蜀国，我在寻找蜀国的路上
蜀国的葵花新种了一批
我要一路唱下去，直到忘掉《九歌》

说到酒，屈原喝的是一种，你我喝的

又是一种
而今离开，身上落满鱼的味道

如同你的味道。水域太大，想抓鱼的人
必定两手空空
我们的小情小爱，除了伤及自身

在这快速南下的车上
也如魂魄一缕
重返烟雾缭绕的宜昌空城

何须多言

至于我们的相遇，我有多种比喻
比如大火席卷麦田
——我把所有收成抵挡给一场虚妄
此刻，一对瓷鹤审视着我：这从我身体出逃
　　的
它们背道而驰
这异乡的夜晚，只有你的名字砸了我的脚跟
我幻想和你重逢，幻想你抱我
却不愿在你的怀抱里重塑金身
我幻想尘世里一百个男人都是你的分身
一个弃我而去
我仅有百分之一的疼
我有耐心疼一百次
直到所有的疼骄傲地站进夜晚，把月光返回
　　半空
你看，我对这虚妄都极尽热爱
对你的爱，何须多言
此刻，窗外蛙声一片
仿佛人间又一个不会歉收之年

傍晚

近一个月的夕阳都如此好
老了的女贞树叶子虚嵌的金边
被风拉出去

佐伊在街右边的教堂里做礼拜
他双手合十，想取出身体里的十字架
被捆绑的上帝低垂着头

一晃40年，他的每一条路都没有走到头
他想企及的，比如真理

最后都消散在另一片云烟

半个小时后，他出了教堂
他和翠儿约定的时间恰恰到来
翠儿住在街左边的妓院里。偶尔

他们会在教堂里遇见
翠儿祈祷：让所有只身而来的肉体都下地狱
　　吧
让所有干涩的眼睛都看不见你

佐伊和翠儿在床上的时候
总是用棉絮塞住耳朵
教堂的钟声就不能在这个时候让他心悸

他想这样的日子还可以过10年
或者20年
他不敢走出这条街，走到无边的旷野

美玉

她陷进久长的哀伤里，不能言语
暮色浓重。
她无法走回屋里，无法打开灯，无法取出美
　　玉
对光细看

她的胃疾更重了，她把一个名字含在嘴里
以苦治疼。
爱，让一个狂妄的人比死亡更沉默
她没有呜咽

她喃喃自语：迟了，迟了
这渐渐熄灭的心只适合在他的诗句里

把他走过的
抚摸一遍

在火车上铺

10点以后，火车上熄灯了
火车在一个斜坡上慢慢下滑，甚至我希望
我的重心更向下一点
我相信运动就是存在：火车前方是深夜
过后是黎明
而和大雪相连的就是一个春天
我不再是一个暴徒和善于背板的人：交给你
　了
我尊重你每一次停靠和启动
喜欢你在两轨交错的时候发出的颤栗
一些未知的含着光芒，我是翅膀振动的飞蛾
不，此刻，我停息于黑暗里
以最深的沉默和这个世界共振
命运一步步跟进，一点不需要担心
想起我踏过的火，溺过的水
下铺跌宕起伏的鼾声让我一次次微笑

横店村的雨水

半生已逝。雨水还想清洗出一个好黎明
重叠在尘土里的脚印都流进了低处的沟渠

承接过月色、芦苇、野鸭的沟渠
在一场雨水里有它摇晃的弧度

那个在黄昏里举酒独行的人
我爱她。如爱从低处往高处飞的蒲公英

如果一个女人不提到爱就好了
她的悲伤在麦子收割后的田野上流淌

薄如蝉翼
却捅不破

这浑浊的世界到了横店村就干净起来
以便这里的人看到清晰的灭亡

岔路镇

我还是早到了。在你中年这一劫上，埋好伏
　笔

这陌生的小镇，落日沉重
随着你的接近，风里涌动着故乡的气味
嗯，我就是为了找到故乡才找到你
旅馆门前的秋色里，向日葵低垂

我一直设置谜语，让你不停地猜
让你从一朵向日葵里找到最饱满的籽粒
人生悠长
你一次次故意说错答案

我们走了多少岔路
于这晚秋的凄清里，才巧遇
我已准备好了炭火，酒，简单的日子
和你想要的一儿半女

端午，给一个人

半夜醒酒，发信息给他：端午节快乐
现在是凌晨四点，夜鸟在老屋的林子里叫
我又将度过清醒的一天

昨天在荆门的公园，想起他
风温柔地拂过老去的樟树叶
流水还在。倒映在上面的人世还在摇晃

这是止不住的
想以毒攻毒的人不过是扯出心里的鸩
互吻

在荆门城找一个云端之上的人
这荒唐
让我不惧继续倒立而行

此刻，茶剩半壶
村庄静谧
我几乎忘记了喝醉时的痛哭失声

甜

向白要白，向雨要水，向你要你啊
向梦要梦，要一个纸做的人
在路灯下留下影子

向天要理。向地要情
向现在要一个过去
而过去，不过是现在倒映在池水里

你告诉我，哪一种爱不曾违背天理
哪一种毒没有裹满甜蜜

这甜蜜，在你的舌尖上

如一条闪电
击溃一树盛开的合欢
如警笛，呼啸而来

如此，我怎敢向这深井般的夜晚
要一个黎明

桂花的香味就要飘出来

从此再没有归客。但是谁弄出恶狠狠的刹车
　声
这侵入，破坏，这霸道，谁误饮了酒，谁在
　举着灯盏犯罪
桂花的香味没有飘出

谁隔着千年，拴住马匹，从信仰里掏出梯子
院墙坍塌，蛙虫高呼:谁在英雄主义里自食恶
　果，自我成伤
但是桂花的香味没有飘出来

她无法安枕暮雪，也不会借酒搞个形式主义
多少撕毁的，多少埋没的，多少哑巴和聋
　子，多少红和黑
但是桂花的香味不会飘出去

那时候它是华丽的，自欺欺人，高傲地说话
入贫民后，它邋遢，发疯，不在乎月光的侵
　犯，和鬼怪
但是桂花的香味没有飘出去

夏天就这样来了

许久，我不和你说话了
我以为这样就能够忘记你
像风剥离于风，像水起身于水
像崭新的骨头脱离于陈旧的身体

我们在夜色里行走
多么惶恐啊，我以为我盗取了
一个完整的人间，一个摸得着的地狱
风把一个40岁的女人吹成一个14岁的孩子

你送我一个漩涡
我却拉进了一个星辰
我把虚幻藏在身后，陪着你
旋转

是的，一些谎言就是禁忌
比如我们身披的虚名
比如我们手上的镣铐
只有禁忌如剃不出的病症

一切都会过去，像风溺于风，水死于水
而爱，从你的前胸穿过
你的后背
像薄冰沉到春天消失后的海里

细雨里的一棵桂花树

每一朵芬芳都很细致
仿佛昏黄的灯光里，一个人凑近来的耳语

那个时候我们在异乡
雨下得也细致

如同你慢慢靠近的脚步声

只是那些急切的香味，匆匆赶路
而纠结在了一起

仿佛星群浩瀚。此刻的群山起伏是好的
群山下的河流，河流边的篝火都是好的

雨通过一棵桂花树的经脉
流往荒野里的暗河

你走后的午夜
桂花树的芬芳如刃

一棵树和它散发的香味
孤注一掷

如同虚构

我几乎忘记了
我是身披枷锁的人

梦境

托马斯叫萨比娜去一个山顶
他已经无法承受他对她的爱

山顶进行着一场死亡游戏
在外人看来
托马斯让萨比娜去送死

深入骨髓的爱

必须依靠死亡的解决

萨比娜面对枪口
退回到一个人，因为怀疑
拒绝了

后来他们继续相爱了几十年
谁也没提此事

在袁崇焕故居

王东东

在袁崇焕故居

这荒唐的一幕：长城建在了他的家乡
南国的墓园，不停打断天国的安宁
仿佛他接着还要出征，像游戏中的人
满血复活：即使死后，他也无处安眠

他怎能安睡在那些吃他的人的身上？
他们嘴巴大张饕餮着，像塞外的流沙
被凌迟时，他可发出东方的基督的呼喊？
仿佛连上帝也背叛了他，中国人的上帝。

他可驯服了那条恶毒龙，如一匹战马？
临死时，他的眼可还渴念看到黄河？
向北，看见敌人，还是向南回到故乡？

临死他还在犹豫，在黄河中流击楫

仿佛他一个人乘坐小船在黄河中间漂流
索性丢下了桨，却没有进入隐藏的小岛
突破历史，他的血肉之躯点燃的星空
梦中闪烁的万里长城，也会再度朽坏

可他还是那样相信神，即使它变得
如此晦涩，可在祭祀时又明朗起来
气息在瓜果牺牲里流转，那是人的呼吸
人之精灵为神，如此天地之间才不寂寞

但如何忘我，仍然是炼就英雄的丹炉
士人，一个接一个，精通死亡的艺术
让我们猜度着，这一场悲剧，有多少是

出于他的自愿，热血向喉咙上涌的渴念？

仿佛那么多将士簇拥着他登上历史的墓碑
而后又狡猾地滑落，留他看守人性的暮色
那最后一代守墓人也离开了，开始生活
而生活就是繁殖，就是从草芥望向天际

而此地甚好，他难道不想成为当代人？
他也许可看看离家不远的慧能，领悟菜与
　　肉？
远远望见玲珑塔，你说："下次吧，留下遗
　　憾。"
是的，只有塔，才能让我们在大地上停止奔
　　波

定住动荡不安的心，和东江的波涛。
何况台风将要登陆。你等待日常生活的天使
而你的女儿，正在将你喂养为一名父亲
她童稚时期的脸，正慢慢熄灭你的愤怒。

——给易翔

历史

古人总是比我们早熟，由于短寿
将生命迅速扩至星球的边缘。
我们还未成年就已衰老
甚至来不及起草一篇墓志。

上天不会听从我们的呼唤，
也不会把闪电放到我们手中。
多么令人沮丧，连英雄美人
也丧失了生殖力，只能做白日梦。

我看见历史就像一个残疾人
模仿着自己，在地上丑陋地爬行，
并非害怕施舍，而是由于同情
我的同胞都把目光移向别处。

可园

我追寻你溶入水面的笑声，
等它再一次迸溅，溢满晴空
从甬道仰望站在高楼的你
连你的笑容也溶进了太阳。

可你的耳朵睥睨在邀山阁，
端庄地泄露对琴音的饥渴
耳垂悄悄将天堂拉向尘世，
当云鬟还未消瘦你的岁月。

我探寻你的身影，而陷入迷狂
任风中的柳枝抽打我的肩膀，
仿佛有移动的绿荫庇佑我
更有深埋的泉水让我解渴

那是云，在大地陶醉的投影
草木为一场春梦欣欣向荣
而闪电更为可贵，惊醒混沌
我看到尺度，在荷花的赤足——

宛如我在梦中所见，那光环
温柔地摩挲我礼拜的头顶
风光终逃不出你脚步的范围，
我可意、可亲又可欲的园子。

《读诗》穿越词语

佛光山

饭堂里，一片熙熙攘攘的景象
苍蝇在我们的头顶飞舞，唱诵
对着我们的耳朵，无休无止
仿佛要将我们感化，像众僧

除此之外，一切都很正常
我不断受到一位居士的点拨
也许，那里并无几只苍蝇
在回忆中，它们逐渐增多

它们在法喜中搓手，颤栗
一旦有人打扰就飞向半空
回望人间佛教那仁慈的米汤
几根菜叶略等于经文的滋味

在这里它们不会遭受暴力
而是成为一个象征，呈现
生命的充沛、温暖和圆满
达到至福，一种古老的陶醉

仿佛北国的苍蝇都涌了过来
在这里复活，投入了生活
有的苍蝇甚至在静坐、辟谷
不仅仅为一个偈子而憋红脸

阳光照射进来，佛菩萨在微笑
我看到你的脸，和一碗明亮的汤
我仍坚持着人的立场，听任自己
在一只苍蝇的背上休憩于光亮

灯光下研究维纳斯雕像的年轻男女

在白日，在旷野，多么令人惊奇
当看到维纳斯消融于阿波罗的天空
像桅杆，闪光于众神出没的云翳。

而现在，它变得如此之小，像玩具。
在白天，他们只能触及它的部分，比如脚
而现在，却可以掌握它的全部。

然而不能说是残骸，而是更完美。
连天神也遭贬为人。他们激动地谛视
对方，因认出遭贬的天神而心中窃喜。

众神悄然隐匿，只有爱神留了下来
因而异常珍贵，让人们夜以继日学习。
但柏拉图说，爱神不是神，而是精灵。

当他们小小翼翼地捏住雕像的脚
它的身影投在纸上，仿佛在教导
像光一样准确，绘画才会完美。

当他们接吻，它就有了呼吸
当他们拥抱，它就有了体温
那石膏再一次变软，成为历史的黏土。

他们也许会生出一个神，但
一个新的神，要长大需要很久
足以让它们变老。虽然如此

他们也将遭到后世的嫉妒，为他们
曾这么近地目睹过神：像擎着一个魔法
把他们突然照亮，而又凝聚了启蒙时代。

明代中叶的一个梦

天，怎样塌下来？压住我的身体。
四周哭声一片，像极了一个广场
等待救赎。这时，有人被定在原地
仿佛出于自愿，另外的人向外冲撞

仿佛天塌下来还有一个缺口，
他们要登上天外天；抑或，天不能
像磨石磨碎地，地也有一个缺口：
一片空白，要覆盖，连天也不能。

我奋力张开臂膀，将天托了起来
这我怎么能做到？我也不知道。
还好我没有俯卧，那天我仰睡，
可以仔细将乱晃的星辰端详，一一摆好。

时间足够，我还可以梦见未来
我乘坐蒲轮赶往京城上奏，车子
却被同门藏了起来，连阳明也来信
斥责。这不是能让孔子漫游的时代。

时间足够，我梦见山水中的讲堂
从一位樵夫歌唱的薪我听见了道
而他也被我的讲道吸引，进入讲堂
和我一起投入庶民命运的改造。

我梦见，我成了士大夫的叛徒
宋代以来，他们已是贵族中的贵族。
但我怎样和庶民站到了一起？
这仍然是一个谜。就如李贽之死，

他就是他自己送给庶民的礼物，
头脑属于士大夫，双脚属于庶民。
我梦见了游侠：那革命者终将被污
蔑；下马，不是书生，就是农民。

时间足够，我还可以做一个比杞人的梦
更悠久的梦。我梦见了杞人，还是
他梦见了我？我们在做同一个梦
这一切出自典籍，却不幸成为现实。

我梦见了启蒙，一个新的词
时间足够，让我将乱晃的星辰仔细端详
它们不断摇落，砸碎在大地
和我身上，而我要将它们再一次整布在天
　上。

正面与反面

于小斜

消失

是的，如果不是因提起
一个人便如同"不存在"了
"最好的年华"
除了疯狂的爱
还有你缓慢地走在路上
从后面喊我
绯……诸如此类
好像
我们
一起经历过
春夏秋冬

正面

我能记住
回过头来
看见你

视频里
皮特错过了美女
他们频频回头
但他们，只看见彼此的背影

当我回过头来
看见你
你便认出了我
向我走来

反面

有一天你来
带我去海边
我们牵着手
漫步在沙滩上
像一对情人
多么美好
比你进入到我的身体
还要美好

假期

许多人在路上赶路
即便在夜里
同样的月光还有风
有的人停下来
拍下月色
夜凉如水，躺在房间里的人
知道一切

成为过去

月高风黑的夜晚
门被风吹动，发成声响
头疼和
大起来的孤独
固定在黑的
封闭的空间里
白天那些敲出来
没被保存的文字我知道
她们的轻

可以确认
每一次
"新的"
都会成为过去

活着的人继续活着

还可以确定的包括夜、月光、风和
属于秋天的凉
我并没有更多的变化
这句源于秋一天的：
秋天到了，道士的头发越来越长
我好像越来越精神
我好像
也拥有了
所向披靡
我是活着的人
还将继续活着

捏在一起

俯冲下来的经历发生在云南
乡间土路
没有人
广袤的……
天空蔚蓝，高远
径直冲下去
因为没有人嘛
继续骑行
停下来的那一次
在玉米地旁
国道上

跳起舞

什么是置身度外

有过几次
夜里走在路上
其实是穿过园区的广场再斜插上一条小路
路很短
下着雪，雪
来不及
铺满大地

明晃晃

你盯着窗帘上的阳光
骑手正在路上
238米
两分钟吧
门铃响起
年轻人站在门口

你盯着窗帘上的阳光
盛夏已过
盛夏似青春
明晃晃

女诗人的早晨

唐果

傻瓜和木头

你为什么
喝那么多酒
喝多了就难受
就哭

不告诉我为什么哭
只是哭
伤心透顶
绝望透顶

不停地流眼泪
眼泪滴进我的颈项
开始温热

后来冷冰
它形成一股线
在我身上爬
像蜥蜴
在我身上爬

我不知如何安慰你
只是抱紧你
你这个傻瓜

你既是傻瓜
又是木头
蜥蜴多么快活
它在我身上爬
在木头身上爬

自然法则

她像做贼一样
拿钳子剪断
牢牢系在树上的铁丝
（那是有人
为固定火龙果树
而系上的）
又用手
把深深嵌进树干的铁丝
撕下来

她拉扯铁丝
树的碎屑和汁液
跟着铁丝一起
脱离树干
锈渍沾上手掌
还勒出粉红的几道

她会痛
知道树也会痛
但不知道铁丝会不会痛
她兼顾到树
就必然对铁丝
挥动钳子

在她身后
原本傲然挺立的火龙果树
瘫了一地

与粉尘为伍

清晨醒来，阳光如期降临
这美好和光明的化身

是它，让我看见粉尘在房间飘浮
白色的，彩色的
彩色的，白色的
像羽毛，像星星
更像我昨天才看到的海鸥

我不能与粉尘为伍
能看见的，均已被我清除
可黑暗避退
粉尘无所遁形
我看到它们，但不知道
如何驱逐它们
我捂嘴尖叫，像看到暴行

这轻薄空气中
唯一的硬物质
调料和着色剂
它们喂食我
让我变得沉重

为将来的有一天
我变成它们
与它们为伍

在宜良

二十八年前
我还是学生
在老师的带领下
去宜良九乡
回来时
在县城买了一只烤鸭
县城破破烂烂
跟大多数县城一样

二十八年后
我为了一只烤鸭
再次来到宜良
宜良仍然跟大多数县城一样
焕然一新
是几只机敏活泼的松鼠
将它与别的县城
区别开来

很多松鼠，在岩泉寺
一只在啃观音手上的贡果
一只伸长脑袋
偷瓷瓶的水喝
一只在菩萨
长着卷曲头发的头顶
来回奔跑
一只从香炉里跳出来
它一路跑
一路抛撒香灰

两棵树

两棵树，笔直
叶子掉光
太阳照着它们
影子掉在地上
是一双木筷子
它夹起牛羊
扔去草甸
夹起飞鸟
扔向空中
夹起嬉闹的孩子
扔进太阳嘴里

太阳咀嚼孩子
孩子"嗷嗷"叫

如果你的耳洞堵上了

如果你的耳洞堵上了
最好的穿透工具
是大头针

尽情使用它吧
它总能
让你称心如意

无题

我可以轻松地
钻过
门岗的横杆
那样，我就不用
在包里
反复摸索钥匙

我的确
经常这样做
偶尔
保安看不下去
他就会默默地
抬起横杆

歌唱

小男孩在父亲的陪伴下
吃早餐
他边吃早餐，边歌唱
父母的厉声
也不能让他停止

我听不清他唱什么
但我知道
他在歌唱

鼻涕淌下来
父亲给他擤鼻涕
他歌唱
被汤汁呛到，呼吸艰难
他歌唱

仿佛是
为了清晨的歌唱
他才不得不
离开温暖的眠床

我常常在无人处
歌唱
在人潮汹涌的地方
我紧闭嘴唇
在心里歌唱
今天早上
在小男孩的歌声里
我献上的是
一曲忧伤的歌

蝴蝶

我曾看见蝴蝶
栖在一个漂亮女人的脸上
我说，你为什么不赶走它们
她回答我，它们喜欢她
喜欢就让它们待着呗
嗯，喜欢就让它待着
她宫外孕去医院
医生在她的小腹钻了个小孔
她死了，蝴蝶飞离了她

我曾看见一片树叶子
粘在提脚线上面
我用手指去拨弄
才发现是一只死去的蝴蝶
不知道没有水分支撑的它
靠什么立于墙上
第二天，它消失了
作为垃圾
它已经和众多垃圾一起
被拉去了焚烧场

我曾看见一只巨大的蝴蝶
在天空中，用力地打开翅膀
它虚构出一个夜晚
在这个五彩斑斓的夜晚
我做了一个伤心的梦
我敲击一堵墙
我边敲击边呼喊坐在墙那边的人
我确信他听见了
可任我的手掌敲出血来
他就是不回应我

我曾看见一只蝴蝶
在一个人的诗中

他在诗里下雨，下暴雨
他让那只蝴蝶在暴雨中
孤独、勇敢地飞
翅膀打湿，折断，它也不停止
蝴蝶想飞离汉字编造的樊篱
就像写那首诗的人
需要自由和广阔的空间
他的理想是
编制出一只巨大的笼子

红樱桃

窗外有熟透的红樱桃
可惜我摘不着

我摘不着
鸟儿啄了也好

可鸟儿只歌唱
从早到晚

眼看红樱桃就要从高高的树上
落下

四层楼啊
楼下是火山石铺成的通道

想到那樱红的地面
我就好心焦，好心焦

甘肃：史与事

阳飏

新编《河州令》

上去高山望平川，平川里有一朵牡丹
看去时容易摘去时难，摘不到手里是枉然

面对这一朵白天一样的白牡丹
我词不达意地说：晚安

河州砖雕

河州自古多英雄，英雄多感叹生不逢时
晚了江山，晚了美人，晚了自己

刀枪剑戟生锈，夕阳长草
换一把雕刀，浅雕改透雕，改镂空雕
雕一壁《江山图》，英雄煮酒美人倚栏
美人看大夏河水，流过足踝
美人不知道，风吹瘦了她的腰肢
吹热了又一代少年的心

叹气，但不吱声

官宦建楼阁修坟地，祖荫后代
绅士盖学校热心捐款，众口传颂
落日掉进河里，明天
这条河另外的水在等落日，昨天的水已经流

远

大夏河流远

留下口唤，留下号帽、盖头，太多的牡丹

留下一城穷苦半城信众

大户人家，有人心如止水一天五次礼拜

有人失踪有人去了海外

有人藏在自家影壁一片虫蚀的砖雕叶子里

迎接日出

河州传奇

一根粗麻绳，把专程接河州一个世家官宦公
　　子的飞机拴在老榆树上

像是一则笑话或者传奇，再或者

充其量也就是1949年国家大事件中的一件小
　　事情

飞行员称飞机有故障需要修理

四个持枪的军人押着飞行员一起上了飞机

看多了骡马大车的军人或许想看看新鲜

还没弄清楚怎么回事，飞机轰隆隆就飞上了
　　天空

飞机翻着筋斗离地三千尺，晕头转向的军人
　　上吐下泻

满眼皆是自己的还是别人的后脑勺

飞机降落在重庆机场。这时辰河州城里依然
　　杯盏交错

飞机要接的主人早已经醉倒在酒桌上了

没有飞去重庆的公子在河州度过了后半生

韩家集阳洼山坡上有他的墓地，生辰忌日后
　　代上香祭祀

只是，从没有人说过他和飞机有关的这件事
　　情

礼县秦公墓青铜回头虎

牧马人的后代何时把马嘶变成了虎啸

虎啸，露出牙齿

青铜剥蚀，西汉水寒

一只老虎回头

望了望

落日斑斓，天下正乱

礼县桃花山

据说，刑天葬首于此

刑天舞干戚，先把脑袋安顿好

然后继续提着盾牌举着大斧挥舞

刑天累了，且打盹千年再说

桃花开了败了，桃花山下

一座早已废弃的刑场

一桩多年前的冤假命案

一个阴魂不散的女子

有人看见她披头散发，口红比血还红

此一时间，夕阳若

当年县政府门口死刑公告上的大红印章

悬挂在桃花山顶，迟迟不肯落下

平泉村：有一位清代武探花

一条西汉水流过来流过去

崇黑尚武的祖先，青山磨剑

八十斤重的大刀舞动如绣花针

或断水或生锈，武探花心如落日

后来人隔着落日，看见斑斓猛虎虓声依旧
看见有家族顽童把黄绫圣旨绑在树枝上当旗
　　耍
我等迟来，隔水听音，雾里看花
把自己看傻

陇南朋友告诉我，这花儿俗称八点半，又名
　　夜来香
八点半，看看时间，我想再徘徊三个小时，
　　等到
八点半，再一次遇见夜来香

闻鸡起舞

鸡叫三遍，从来没听过鸡叫四遍五遍
村子里叫错点的鸡都被杀了，他老是惦记着
家里这只红冠子大公鸡如果叫错了多好啊
可以不摸黑起床了，暖暖和和跟太阳一起醒
　　来
锅里炖着香喷喷的鸡肉，多好啊
鸡叫三遍，爷爷喊他起床上学
十里之外的学校，一个乡村孩子一边走路一
　　边瞌睡
月亮陪着瞌睡的孩子，一边走路一边瞌睡

多年之后，他写下一首诗的标题：闻鸡起舞
爷爷呢？那只追着啄陌生人的大公鸡呢
仿佛一个孩子迷迷怔怔的瞌睡
家门口那条细弱的河水
流远了

记康县花桥村男嫁女娶婚俗

男嫁女娶
无疑，属于母系社会遗存
如同村中那棵一千多年的菩提树
与母系无关，与父系无关，只与时间有关
菩提树上密密匝匝的红绸带，只关乎个人的
　　祈祷和祝愿

和一个正一木榔头一木榔头卖力打洋芋搅团
　　的男人闲聊
他说，一辈子不坐一次花轿就不是男人

男嫁女娶，只是千万别提离婚
那样会净身出户的
管他斗转星移，敲锣打鼓
老祖宗的规矩不能变

男嫁女娶，无非就是
掀开一块红盖头
露出一张胡子拉碴的脸

八点半

八点半，不见不散
八点半，见了还是散了
仿佛少年男女
散了，月亮依旧又大又圆

题徽县银杏村三千年之古银杏树

千年可为精，三千年自然为神

古银杏树挂满红绸带，香烟缭绕
树下有青石板香案供果，故我看见香烟缭绕
三千年以前还没有唐、汉
还没有《诗经》，有马家窑彩陶
甲骨文占卜，卜天卜地
卜一棵银杏树，成为日后的神

神是祭祀崇拜的
我从古银杏树下走过，忍住咳嗽
忍不住回头多看了几眼
大天大地
神不老

乡村之神

徽县银杏村，山坡小路边有一简陋的神
　　龛——权且如此称谓吧
神龛里倚靠着一块平整的青石板
上面绘有相邻而坐的两位乡村之神
右边一位阔脸多须，竖眉
左边一位额头皱纹紧蹙，似有韬略胸怀

神啊，护佑风调雨顺人畜平安庄稼丰收
白酒黄酒米酒醪糟一起敬奉给神
右边的神大口喝，左边的神抿着嘴喝
脸红脖子粗继续喝
只是我有一个不知该不该说的疑问
右边的神头戴官员的黑帽子
左边的神为什么戴了一顶乡绅款式的绿帽子
颜料氧化所致还是另有原因
先不管这些，神啊
敬酒且喝，继续喝
炒熟的银杏果肉翠如玉，下酒，趁热好吃

认识张果老

鸒鸒，认识这两个字吗
反正我不认识，查了字典才知道
民间传说黑或紫色五凤之一的瑞鸟
两当县登真洞乃鸒鸒山张果老修行之地
须知，与两当紧邻的陕西凤县就因鸒鸒山得
　　名为凤
骑驴的张果老，骑梅花鹿的张果老，时而骑
　　一条会飞的花蟒
焚香饲鹤练丹田之气
天地大事无非肚脐之间，之外，肚脐着凉了
　　会闹肚子的

传说中的张果老年龄越活越长
年画中的张果老前额越来越凸，像是一颗越
　　长越大的寿桃
仿佛一位似曾相识的老村长
张果老喝口酽茶，倒骑毛驴又出门了

犹如深海

杜绿绿

犹如深海

吸住这对恋人的，是甜味，
潮水涌到他们胸口
仿佛浓稠的糖，在火苗里烧
变软，
为他们塑出精致、严密的外壳。

两个疑惑的人，
向海里游去。
他们不接吻，
但吃彼此唇上的颜色，
蜜一般，芬芳。

甜在水里荡开——

层层海浪掀起，
巨鲸也来到，
成为他们座骑。

两个与海水逐渐合在一起的人，
端坐鲸背正中
向深海里去。

一片丛林，一片岩石
到处挂着
失去主人的话语。
——那些迟疑的过去，
从未成型的音节，
那些从舌头卷翘中抓取的声音。

他们的无声！
哦，此刻，
事实上他们也看不见对方。
他与她之间，隔了柔软、厚实的
海水，
无数的甜。

未来世界

即使这里没有树，没有淤泥和河流
前人和后人翻身上马扬长而去
注意到此刻落地成影的光
微微升起，像迷雾闪烁棘刺的痛点
阻挡前路，渺茫的未来。

即使没有任何人来过这儿，
绝壁之上停有秃鹫二三，
它们太虚弱，死尸很久不出现了
滚烫的岩石始终在沸腾，
可以接受它们落到此地的命运
是自我熄灭吗？

假设以上都是风景中虚拟的另一维度，
此刻与之平行的地方
有树，有清澈的水
络绎不绝的游客走马观花
可怜的，秃鹫也只能是半死不活
养在观鸟巢中
供人，我们来指点，逗乐。

我们这些城市人，太过热爱豢养
飞禽走兽，奇花异草
还有同类也是目标——
在这真空飘浮的树下、河上

建起一间间房子
养姑娘，养老爷、少年，
丑脸与没脸的人。
白日里喂上几顿
就大方得体地砍掉对方的脑壳，剥去神经
做个套绳挂在日益繁茂的大树上
吊人玩儿。——凶手！
别不承认！

黑暗的时光中，
谁能握住谁的手，求来怜悯与爱，
以及许久不见的信任，
让话语变成暖风，跟随坠落的树叶
伺机而动，
在摇晃的光线里飘向另一个地方。
一个意料之中的反向世界。
或者说，
不存在的未来。

失控的小说家

枝上鸟儿焦躁地拍起翅膀
木棉坠落，像野火烧着了
过去的人永不回来，
年轻时只看到明日，
将惊人的伤害当作昙花
绘于黑夜中，也可以说
当事人把记忆理解成了
被胡乱剪辑后的电影：一部拼凑的默片，
一片想要看到的风景带，一些人
适可而止的裸露。
从这个意义上说，
当事人变得有效起来。

他感到热和冷，他在某一刻来到白马雪山
中巴停在垭口，
男人们都下去铲雪了，
藏族女人拉着他去远处小解，
白雪皑皑，
他的腿像是种在这山上。为什么来到此地？
穿上女人的衣服，
柔软说起方言。他是一个说谎者，
喊身旁老妇阿妈，
"白玛拉姆哎，
风雪越来越大，天亮前不能到德钦了。"
他说，是的。沉重的披肩盖住雪片，
和伸出的手。

——他在房间里，
叙述这段记忆中的"往事"
手平放在腿上，粗大有力，是你的三倍，
他熟练虚构了一个又一个
如假包换的时刻，
初出茅庐的你难道不感到害怕？
笔记簿上寥寥几行，
这位病人着实难以记录。
他向你伸出手，你好。

你问他，张老师，今天见过谁？
他想起似乎来过鱼贩与快递员，
一条鳊鱼，一盒商品
它们现在不见了。
他很爱吃鱼和钓鱼，对你描述过
夏季森林深处，
鱼儿多得聚集在明亮的水湾
等待他来钓起它们。"我从不让鱼儿失望，
天生就是个好手。"
他说起这件喜欢的事简直停不下来，
从准备鱼钩鱼饵的细节一一讲起，
像是亲身经历过那样喜悦。

遗憾的是，
张老师如今困在房子里——
他提到的夏季只能向过去推后
十来年——
作为严谨的虚构者
他从不疏忽这一事实。
有时你会怀疑他
是无法写作的小说家，
毫无疑问，张老师是个文盲，
尽管他有惊人的叙述才能。

你们陷入宁静的片刻？
用习以为常的平淡来面对
快要结束的谈话？

"我昨夜见过一团黑雾。
她受了伤，是妈妈
妈妈是我的模样，我们在镜子里。
那模糊不清的人
脑袋剩下一半，从裂口小心望过去
精致构造的脑内
挂着芽菜与血珠。
我和妈妈不爱吃芽菜，更不会在头中
埋下菜籽。"他望着你，痛苦而小心。

"妈妈什么都有，除了植物
但是她喜欢绿色。流淌的绿色。
她有无止境的房间，
还有我。妈妈裸露的身体，
在白色床单上，像溶解的一块冰
随时会滴落下来，消失掉……
妈妈原谅了我！"

你请他坐下来，
他却更用力喊叫着，像伤心的蝙蝠

迷了路，横冲乱撞。

冷雾

公路延续冷雾的蹊跷。
这个瘦子蹲在江边好些天，
由远及近，下到水里
像是科研员观摩江水回收地。

可谁知道真相呢？
他是在寻思偷条船。
到手后他会经过长江向南方。

渔船铺开几十里占领江面。
紧密相连的船头指向
细微差别的角度。
他胡乱做选择，接受自以为是的指引。

寒冷的一月，
窸窣的冰沙流淌船底，
旧铁皮被摩擦出几声惊鸣，
"屋后黑鸦，怎么找到我了——"
他胸膛急升一阵烈焰，
突兀跃出的力
使掌舵的右手失去控制。

长江不受此困扰，
迟缓的水，稳定推动犹疑的船，
冷水泼上甲板。他还有只坏了的手
垂在腰间，既抬不高
也沉不下去。

他就是个我们认识的傻子。
满脸雀斑，

见到谁都喊啊——啊——
倒是有双好眼睛，成天半闭着
睫毛铺盖在上面
仿佛看不见什么实在的东西。

此刻他伏在甲板上，用那只完好的手
扇动风，去他将要去的地方。

鉴赏家

我向来服从某种不平静。
枯树林里寂寥的鸟巢
比出门遇见的黑暗更涌动着波澜。
上一年的冬天
我学习得很好，外界滚动的影像
平行于窗外，
从不让我生出反抗之心。

我很少出门了。
我在收藏一些东西，
它们与我有公开的白昼的交流，
没有人能听见那些兴旺奇异的声音。
它们不含糊，也不哑声
甚至放大嗓门冲我嚷嚷。
"快来！新兴的集市上有你要的！"

我很穷啊——
从碗柜拿只梨，还没咽下第一口
就挨了打。小瓷人太厉害了。
它骨骼清脆，风吹来，
便会有绵延的长音从小胸脯传出。
它在跑音的降A调中打掉我的梨，扇了我的
　脸。
可我珍惜它难得的美。

光滑又幼弱的瓷，
高高在上的瓷，
我服从诚实的严厉。

忘记说明一件事，
从没有第二人来到这间属于"东西"的房
　　子。
您好，客人。
您拇指捏起的朽木是本馆最受尊重的前辈。
它少一点碎屑，
我不能活了。
顶棚的陨石全会砸向我疏忽的嘴。

我被精细缝过的唇线
上扬到耳骨。我笑起来毫不特殊，
玩火球的小丑每个马戏团都有。
我知道您来的那个地方
与这里隔着几块湿地，
芦苇被穿胶鞋的苦工们割完了。
我也想跳入泥泞地，抱一堆芦苇
竖在空地上。我不能。
我接受不了下陷与搭积木的沉迷。

还能看到迟飞的鹭吗？
它们低沉的翅膀——
这里也有一只，被挂在墙上。
我常摩挲它僵硬的躯体，
怀想初次见到它时。

我也爱鲜活的人体。死去的，
无法进行有效交流。这是我们
与它们的不同，
死去什么都不是了。
客人，您身后的大鼎，
正使用千变万化的语言

教我使用合理的空气与水。

您还能听见我吗？
我有些焦虑。

新人类

新来的一群人，
要学习分析台风过境后的一段路程。
离海已远得很，
这城市往内陆去，登陆地不断纵深
像环绕星球的峡谷
延长，延长，涌出灿烂，岩浆？

夜色支配着深蓝，
他们的血液也是这般晶莹，泼洒
满地的宝石——那虚弱收敛的计划——

遵循此地老传统，朴素，
闷声闷气
做一支有纪律的队伍，
隐藏进公路上低头走路的本地人。
只是，远处的台风使他们迷失。

回到大海，还是穿过这座城市
寻找最终该去的地方？
谁也拿不准主意。
领队穿上了西装，又埋掉西装的原主人
像个再普通不过的人抽起香烟
　"万宝路的爆珠，你们捏捏——"
他们互相模仿着，
犹豫被绿色的迷雾修饰校正。

过街天桥下隐蔽的水沟挖得更深，

暴雨打落的樟叶填满这些坑洼。
他们擦净手掌，
向不同方向走去。

——那最初的巨浪！
掀翻近海的几个渔村。他们竭力
忽略了此事，
也忘记自己是为数不多的
幸存者。

今晚的月亮

徐南鹏

伊人

画下此岸
我再画下三钱月光
它比今夜的霜重一些
我画下风
再画下上升的星辰
它比秋后的芦苇轻一些
也许这只是一次失误
但结局如此严重
风　迅速占满我的画布
缓慢地吹，瓦解
我苦心经营的云
夜色中的旅人
瓦解火红的唇和如水目光

要，不要

为什么要
为什么不要
这个念头刚一闪现
后面的人就开始按喇叭
我狠踩一脚刹车
有序的车流有点乱了

祖国的

在博物馆
我看见橱窗里一颗红宝石

据说，在黑暗的墓穴
它沉睡了三千年
而此时，它正闪着
纯洁　高贵　祖国的光芒

春天

试探着，我把手伸出去
张开五指
那阵风，就像初识的一样
从我的拇指绕过去
一直到小指
又绕了回来
一步也不肯离开

荷的写意

拥挤的荷叶，不是我喜欢的
喧哗的莲花，也不是我喜欢的
我独爱一枝枯荷
像古典的墨，挺立
在我的画布上
一点孤独
一点傲气
一点焦心的愁绪

早晨

这个时候大地潮湿
雾在升起，遮蔽梦的出路

我行于浩荡的水上
思念越淡
黑暗脱落得越彻底

这夜

我爱这夜色
少许的雨落下，一部分蒸发了
粉红色的睡衣、窗帘
以及睡衣下摇摆的春风
轻吹着空洞、饱满

我爱这夜里的车
雪白的车灯顺畅地转过弯道
多么不易——
它就要驶上高速公路

一场大雪

这就足够了
一生中有这样一场大雪
桌上的咖啡冒着热气
这就足够了
有一个人，侧着身子
向着荒原中如豆灯光赶来
这就足够了
有一粒雪，就会落在我的心尖
消融

大海

我只能描摹它的深刻
一点也进入不了它的内心
我只能叙述它的速度
它的庞大、无章法
却把握不住哪怕一朵浪花
我已经画下它的回声
却无法画下一粒盐

今晚的月亮

今晚的月亮是我的
今晚所有月亮是唱给我的
今晚的月亮静止
它死去过，但必定在今晚复活
我拉上薄纱窗帘
把今晚的月亮，独自
留在空阔的夜空中
一个人，好好地想它

我还没想好

一分钟太短了
一分钟也太长了
你可以拉着我的手
往哪个方向跑
都会到达春天
都会到达温暖的花房
只是，我还没想好
一分钟根本不够我想
我还没想，是不是该想

一分钟就碎了
碎成一地的盐和月光

花事

一直到栀子花开过、谢了
我才明白，满园子的花
有自己的姓氏。秋风落在树枝上
一遍遍梳理鸟儿的羽毛
我也不惋惜
那一枝未及送出去的无名花
我多想唤它作女儿
把它别在我的手腕上

秋声

一只蝈蝈蹲伏在草丛中，打磨
声音的发簪。火车驶过廊坊
田地里的农民头也不抬一下
黄河又要干了，孩子们
沿着河堤疯跑
父母胸中汹涌的哀愁
他们不可能读懂
我们也不可能读懂，越升越高的
北斗星的静默
一杯印度茶，刚沏好就迅速凉了
整个下午，我画不好一条
细细的　时间的皱纹

一阵风

一阵风，和
另一阵风
纠缠在一起
撕咬在一起
一时无法拉开它们
它们一半是对立
一半是相互支持

月光

月光，露出
一排雪白的牙齿
先是咬下一盏路灯
它的苍老因此付出代价
然后，是一袭树影
多年的名声毁于一旦
月光，就要向那座楼下手了
那扇彻夜不眠的窗户
就要被封存
那一位在床上辗转反侧的人
那一颗火热的心
就要慢慢变冷，变老
月光，唯独忽略了
那窥视一切的星星

石子

它向往柔软
它要长大
它要从自己的身上

再次长出芽
它要证明自己的前世
它要打开尚未冷却的心
它要把自己扔出去
它要做梦
它要逃走
从一条河流的身边
它已经长出一只手
已经探明了春天的方向
它还在等待
再长出双脚
再长出双唇
它就能够安心地
依在河流的波心
它要再长一副心眼
它就甘心于命运
做它的小小的一粒
坚硬的石子

湖

我反对水库，反对
造作，反对水草无休止的纠缠
我反对河流，反对
自以为是，昼夜
流淌它的荒唐
所以，我信任内心的湖泊
那么深的欲望
连我自己也没有探明
那么多的探险者
一去不回
那也不怪我
他们是死在自己的欲望
深渊

我只是广大了些
我只是纯净了些
那些垃圾
不是我丢下的
我只是往湖水里
加了点花香
只是在花香里
加了点毒
那也不能怪我
我想，那么多星光
溺在湖水里
每个夜晚都灿烂
只有一个倒霉鬼
那一粒毒
足以让他丧命

他按着自己的规律
实现自己的愿望

我无条件同意
他把我当成磨刀石
直到匕首
露出
冰冷的、成熟的锋芒

匕首

我信任这个少年
他的软弱，仅仅是一种表象
他怀里揣着一把匕首
会有一天，你会惊讶于
它的光芒

我同意让他出游
从列国里走过
他会增强信心
他会积攒知识和爱
他历过四季
才会懂得真实与幻想
他会在自己的皮肤上写下风霜
在血液里写下憎恨，增加它的深度

我信任这个少年

等待合金

李建春

金属的致敬

林中彩点的清晨，德劳内分解圆盘的清晨
一车子钢管被卸下，摔在地上

持续的、音叉的振动
滚石击打地面的爆响
在小人国搬运工的动作下
支配了我盯着满坡古树，追寻虬枝间鸟鸣的
　　过程
那些鸟像人一样
不见其形而活跃于耳膜
桂花的香味
却需要深呼吸并加以想象

友人顶着二两白酒，下楼去了
一二个女生的撒娇，也已寂静
她们发来的卡通动作，还在一遍遍地表演

这个清晨的金属的致敬
我收下来。而塑造这个危险的
不返回就找不到的形体

用你开花的耳朵

从这头到那头，我在奔走中，是隐匿的
只有车厢知道
只有电波知道

只有妈妈撕下，丢入灶孔的台历知道
只有枕头上的压痕、口水的印迹知道
但它们都不说

在抵达你的途中
在开花或结果之前
我运送，用我根茎的力
一束光不是一束光，是整个太阳的爆炸
如果你正确地看。这老去的过程
不过是一封缄口的信
却无人撕，无人读
无权？谁有权？我授予
你
这出生，不停地生，作为事件
需要接收者
是你
接收
也不可把你看得实了
我花了多长时间才明白
你，并不存在
你，在我南瓜藤的那头
用你开花的耳朵
听我

为时已晚

深秋，在众叶摇动的穹顶下，天堂也要下来
　　站在地上
她们仍然站不稳，要化作泥和气，沿着小径
　　匍匐，像游击队员，狙击幸运的人
她们在我脚跟缠绕，用变化万千的爱的意象
告诉我不要往深冬里去，要守住含情的叶脉
她们黄金的身子骨和脸面，那么薄，转眼会
　　受到践踏

令我担心

深秋，在万分爱惜中，在满园的悬铃木和古
　　樟树下
耽搁了许久
我走过天光云影的湖畔，看见一生的大部分
　　光阴已消逝
湖面何其清澈，没有留下一点纪念
我捡起一片落叶，握在掌中，试图温暖她
却被绝望渗入手臂；我放下她，继续前行
在天堂姊妹的哀泣中，我爱上了人世的浮华
为时已晚

汤逊湖写生

湖岸线
悄然变化，平坦裸露，而水
并没有少，我不能确定
是深秋之故，还是我记忆有误
两年前看湖时，芦苇和深草
犬牙交错，一些莫名的小水沟
忽然冒出惊喜：
时有逃窜的水鸟
张开翅膀的背，和惊叫
暴露在我们面前的青蛙瞪视
这些活泼的小世界
被残酷地拉成直线，宜于行走
而走在上面，推着抱歉的单车

细看那些新土
与旧岸混然难分：
也有惨绿的草根，不受欢迎的
水葫芦花，荡开的细土
在来自湖底的意蕴的抚摸下

变成浅褐色淤泥，趋向于深稳

汤逊湖写生

薄暮时分走进这片湿地
晚玉倾斜成毛毛雨
桂香的抑郁，贴近地面蔓延
心中怀有悲悯

有人忙于采花以酿酒
苍秀的小山，归鸟依附
湿漉漉地低语，心照不宣
自行车划出S形，无声无嗅

磊磊圆石在草坪地
疏落有致地呼应，我知道他们
是从深山拖来，可不管怎样
也没法消除他们原始的气质

汤逊湖写生

雾一起　就不见了工厂　只有室内
这一方清晰的结构　曾有的学校　马路　昨
　　天
和昨晚在工地边的散步　亲眼见十米远的一
　　次倒车
揺扁了路边　不靠谱的车门　曾有的学生
　　点名
声嘶力竭的满堂课　未接的电话　未回复的
　　留言
一时间　都需要我清点

眼是一盏灯笼　以五米的圆　走到哪亮到哪

我是"看见"的晶体　从房门的边线　钥孔
　　楼层数据
到一晃而过的大巴的外廓　在对话"欸你小
　　心点"
和"到了"的一声意识中　我反复开始

这扩大　即"活着"　根据雾　也就是看不
　　见　我相信
看不见的湖　高架桥　白日的车灯
看不见的手　座椅　和另一处　我相信老家

长期以来　我指望搬到乡下结晶　其实
只需要一趟趟地返回就行了　结晶也会进入
　　雾中

汤逊湖写生

椰榆的果实，自扭的玉头绳
垂在深秋的老叶中，无发可依
脆弱的母亲，嫩绿的孩儿，在唐代
宫廷仕女画眉的掩护下
小翅膀开合一串眼珠
黄连木苦名在外，若无其事
风霜徐娘，满空摇舞，清代的柳叶眉
那些远离的柞树，在缓坡草坪
故作苍白的姿态，每发一片叶子
都像费力地雕琢，在灵璧石
心有灵犀的环顾下——还不如
做水边的条石，浑圆，无暇他顾
因而形状不受影响
自以为客观的观察，总是被对象改变

在市中心写诗，一定远离时代
我打算尽快迁到郊区，秘密的心
在鹡鸰和红眼圈的鹈鸪中间

立冬

秋收冬藏的分际　　在微芒
转动时　　这清晨　　当视为睡着
也是亮的　　血管内的小血球
在惺忪的晶体中　　依然忙碌
这活跃　　是火山未发　　是过江隧道
穿过沉沉江水　　是两层楼
一层读经　　一层彻夜打麻将
我是界面　　楼板　　夹在两军　　两县
或一对恋人之间　　要两耳分别地听
昼和夜　　繁华和受苦
我用右手收割　　左手握不住
我命令激进的一边　　要服从
把它压在右耳下　　作如来卧
让无用的左臂做横梁　　扛起被子
空气　　一间屋　　乃至天庭

我早起了。在室内蹑足　　喝水
听见母鸟和小鸟对话
小鸟已学会飞　　入秋以来
吃得饱饱的　　发现树枝很奇怪
空荡荡地　　树叶动不动就告别
母鸟说：所有离开的都会回来
在你的小肚里　　你就不能省着飞吗
我们用飞　　过冬　　要飞到近乎没有
接上春天的嫩芽
小鸟与母鸟争　　母鸟有问必答
不管他多傻　　因为争也是过冬
争就是什么都不做

陌生人收信

安然

妈妈

我想起从前，一个刮风的晚上
一个漫长的假期，一个夏天
我都在听你讲一九八〇年
妈妈，要像从前，在小世界
过小日子，要顺着风
听万物疲倦的声音，要这样
像秋蝉一样打盹
妈妈，我想起从前，汗水、旧衫
一张干饼、黑土地
被无限放大的春耕和秋收
我想起从前，贫穷像枚钉子
顽固、生锈，在潮湿里滋生菌斑
扎进生活的根部

扎进我深藏的记忆和肉身

爸爸

你望着风，我明白你的
言外之意——
二十几年，我明白你
鞋底的泥土，身上的灰尘
无奈一次又一次
我明白你低头、挥手、不吐一字
和你躬身时的谦卑
你微笑的眼里噙满了泪花
爸爸，当我长大，明白了

生活的难和苦，就像现在
我明白了你的难和苦
一刹那，碧波开始呜咽
爸爸，我明白你
我明白一位父亲的难和苦
我绝不说你的沧桑
和粗糙的双手

陌生人收信

我要给你写信，陌生人收信
写我的悲观世界，和窄小
逼仄的灵魂，写下
一棵棵稻草，和胭脂红的记忆
还要写我的故乡，草原上吹来的
清爽的风
在溽暑，我给你写信
陌生人收信，写我的
忏悔、卑微、谎言和贫瘠
写我的坚韧、无情、执着
和欲言又止与叹息
我要给你写信，陌生人收信
写我平淡的生活，和门前鼎沸的声音
我要写冬牧场的雪，平凡的人
额尔古纳河垂钓的游人
和亲人一直固守的土地

今夜，我在家乡

九月初的赤峰，夜凉了，需要被子
外套、长裤和一杯热水
中秋的月光提前照进我的房间

落在干净的地板上
没有任何声音惊醒我的亲人
关于我在牧场放生的
一窝蚂蚁，不知它们是否
准备冬眠，是否像我
因为明天的离开而彻夜难眠
还是正在昼夜兼程的搬家
搬走卵、幼蚁和粮食
一想到它们弱小的力量，我就羞愧
其实，我多想加入它们的队伍
将这里一起搬走

请不要轻易说出爱

在故乡，请不要提及我
不要说出，一个异乡人的无奈
不要说走就走，记恨离别
不要说艰辛，谁又何尝不是
你要谨言慎行，爱一个人
爱一些小事物
请不要爱上，不要轻易说爱
或不爱，在故乡
我乞求你什么都不爱
不要轻易说爱这寸土地
爱亲人胜过爱自己
爱在这里的每一个时辰
我们都是渺小的人，请不要
轻易表达你的悲伤
我的欢喜，也不要说出
这几年，在故乡
我们的爱愈加蒙眬、羞涩和惭愧

自说自话

我自说自话，在院子里
在晒满向日葵的一堵墙上
我仰着头，在春雷阵阵的午后
追赶烈日和流云
我试图借一口乡音，回到河畔
北方以北的平原，和牧场
安静的黄昏里
我自说自话，在一个人煮饭的
下午，自顾自地悲欢
像一只离群的雁，时而低飞
时而云里，时而雨里
时而在密匝的草丛里嘶鸣
在夜幕降临之前，感谢上帝
感谢人类的菩萨心肠
让我在世间自说自话，并开始
怀念诗歌和亲人

在牧场

我羞于说出它，在起风的夜里
我羞于说自己隐秘的年龄
很多时候，我羞于说出
自己的贫困，像干树叶一样
在秋天隐匿
我在瓦蓝的天空下
和水里的云彩并排立着
我望着远方，熟悉的人向我招手
呼喊我的名字，一遍又一遍
在吹皱的河面上，一遍又一遍
我并不知道，一饮而尽的
是我的倒影、万顷草木
与些许弱小和谦卑

一遍又一遍，在牧场
在起风的夜里，我羞于说出
一个成年人的无奈

原上秋草

一直持续地绿，在秋阳下渐黄
枯槁，染绿——
像我从未间断的赞美

在风中，在湖边的林中，在每一次
雨落在草原的时辰
它们渐次生长，卑微而静默

大片的黄，在挨家挨户的山坡
在科尔沁草原的南面
在大风起兮云飞扬的眼前

被收割，被圈捆，在铡草机
唰唰的运作中，被成群的牛
收进眼底

布吉河小夜曲

张尔

有一次在湖畔

在水之对岸，清晨雾霭中
隐现一帆长岛
朝露在甲板间完美呼吸
水滴动若热泪，眼中
悬挂着红日激昂的倒影
我们从船木上鱼跃而起
双膝弯曲，久久不肯落地
微风将你的草帽腾空打翻
你一只手欢快地斜升向天际
像展开一次久未道破的秘密

幽径

雨中的露台将风景嵌入一面
立体的玻璃镜
落地窗前，时间忍受虚无的清算
万物遁形，笼中之鸟徐徐忆起它曾
飞越的往昔，萧瑟里
滴泪，巨大的雨幕
将小径分割且淹没
活着，并反复地
经受这羞耻，经受
这羞耻

空城纪，法诺酒吧

——给王顷

它藏身城中的某个角落
当月色如灰，如果潜在的神
伸手将电缆运送的光芒遮蔽
世界则晦暗如初

再过一天，你的开封与抑郁
将裸露于坦白的墙壁
人群会趋之若鹜
彼此如约，寒暄，继而虔诚地

瞻仰一幅幅家园枯朽的零件
瞬间，也会为一种失传的仪式
消费美学的合理账单
徘徊于你暗房里失控的药水，检验

那在积淀的时间中添加或去除的
某种无形小概率
于是我们煞有介事，自然地
开启燕麦黑啤与法诺玫瑰

在"明媚"的光影中买醉，果断地
去遭遇另一次"难忘"和"入迷"
夜深路长啊，女士们必然起先离席
但不朽的座椅仍旧是老而弥坚

酒局的言辞挥洒，仿佛你空旷广场上
吞吐的喷泉，好像秘密已尽然其间
然那尚未说出或永难启齿的，我们
彼此还将守口如瓶，

一如守住另一座假想的空城？

法诺酒吧之二，非虚构

地图将我们指向一个乌有的去处
熟悉即是陌生，如此，
也意味着此刻，你我的面对
并非出于某种偶然，于是你反复提及
"机缘"——这大地上仅存的一枚生冷的词
　　语
正泄露出它宿命般暗器的前奏
落地扇前，伪装的蜡烛
混淆着黑暗中的光明，电流
忽而迎风水逆，将虚拟逼向无限的真实
但真相是，户外的酒桌上
当你穿透玻璃，怒目相视那
集会的人群，就像他们中的一员女性
恰巧，也正投来魅惑的眼神
现实诡谲，仿佛世道已令人丧失了耻辱
有人因贪杯而沉沉睡去
将天地抢起且驯服于它之方圆的晕眩
饮尽这最后一滴掺拌的甜蜜
我们亦将分手，告别，有意无意地
遗失彼此尚未道出的惊叹与犹疑
依旧是肃清信仰恩赐的地图，我
默送你离开，将你消褪的身影
反复折进良夜苦短的深处
路之尽头，一切还将继续？
一切或将逝去

菊江旧事

黎明，太阳的肖像被画入
一页惨白的裸纸，一张颓废之脸
暗中倒退，万物倒退
逆向星球反转的冰寒一际

教室旧址传来遗物的坍塌声
书本被合上，脑海翻腾
历史教师拆卸下残缺的课桌
笨重的纪律胜似一记政治的耳光
　　照准那顽劣的臀部……
从纺织厂到化工厂
游行队伍鱼贯而入
一面数学湖
镜中往事背对着天空
太公俯身收拾起鱼篓
将杯酒倒进宿醉的湖水
县城电影院环形舞台上
赫留金拼尽气力奋力追赶
一只恼人的幼狗
那少年他脱下狗头套，额上
汗湿了一片物理电路图
繁体的规训与教条
在满屏银幕上手绘化学分子式
先进集体中的一员，落日
将他瘦削的身姿无情地压扁
他横亘在夏季操场上独占军姿的鳌头
一个晦暗年代的摸黑夜间
水上派出所巨型探照灯
将整个江面挑燃，亮光映透
晚自习的逃学之路
男生们身着粗腿黄军裤
握紧铁环的控制杆在大堤上纵横群殴
岸旁，渔夫往江水中打捞着沉船
随手将死去的鱼虾
倒挂上防护林枯槁的树杈
透过枝条的缝隙，湖泊上升起一枚
褪色的残月如消逝的钩
如那消逝的永不回

忆永嘉

白象塔，鹭，鼓词，牛筋琴
这风景的橱窗，当如何对应

记忆中的永嘉，一年多前
倘彼时下笔，则必如胸中遇鲠

历史，像山中清泉涤荡着内心
戏台上，今人吟诵掺拌的怀古

却也疑似悠游塘河时，机敏地
取道，那人他轻点船舷——

去探望岛上的泥塑和雨打的门神
旅行汽车途经蜿蜒的现实

众人登山，分食大地的饕餮
一览前景无限的苍翠和云天

乱石冲洗着溪水，镜头般
刻录飞泻的笑叹，如今

或仍在那古道中回旋，昏聩。
读友人诗，追溯语言的山水，

康乐的山水，读古今之波澜
心涌一片往复的谢忱。

另一天

另一天，我们
拖着疲累的身躯在岸边踱步
河水罕有地摆脱了浑浊

沿着徐风，向一种不可预见的命运低处
流淌。斜阳下
水面泛起零星微漾的波光
跟随细碎的步伐迟缓游动，那间或的节奏
像衰老的白马激越地抖动它脊背上的鬃发
万物因缓慢而至清晰
流水里，从前的鱼迹已然隐身
仿佛一众人等暗地藏匿了姓名
在清风与透明的水中
活着，但头箍遁形的面具
河道上方，晚点的火车犹如一头骤醒的雄狮
奋力地加速着与铁轨的摩擦运动
倘若此刻，世界陷入另一可能
——一种萧条乃至停顿
我们，将也不得不止步不前
以被动的，或遭受某种胁迫的姿态
重新观看，这条必经的
人类的流域。耳际
将回荡一类反向的图景
一枚自由主义的石子，将不以
既有的规律为必要之前提
模糊地，从加速度中侥幸跳脱，下坠
直至，坠入一次虚构的
逆反的深渊

过往的悲伤

自冗长的地下隧道传来一阵布鲁斯幽怨的哀
　　歌
甬道深处，一只野狗独自承受意外的法则

倘若，你我仍将持续这缓慢的
来自不规则地表以下的任意不幸或灾难

我们亦将必屈从于那一切非自然的
不公与溃败。彼此将叹息

接受且应允水之逆行，并由此
更进一层，以舒展自我的眉宇及他者的内心

敌我将秉承于一种所谓原则的唯一性
慢且摇慢镜头，回眸

一瞥隧道粘连的两座相邻但平行的街区
遍寻那滞留于旧城的流浪者

沉睡中头枕一只饮尽的农夫山泉
它扁塌的瓶口正风化出点点大海的盐斑

隧道之歌

深夜，动荡的电影就此谢幕
海水不安地掀翻荧屏

自那剧院一角倾泻
浪花耽于沉痛，击打我们的额头

这已然皱褶的前额，层叠着剧中人

屋顶的灯

梁文昆

那阵风

那阵风，一下子就越过山顶
去另一个地方了。这无限宽广的自由
因为夜晚的到来
而呈现出黑色。我瞬间泪涌

不为那自由
而是为那颗决意奔赴黑暗的心

屠夫

提刀灌酒，腹部藏毒

早年间，因行走于
街巷，闹市，杀猪贩肉
贩皮，贩血，贩
骨头，而得名
无论寒暑，也不惧鬼魂，他杀动物
杀得
专注。

现在，他终于老了。
这个早年的屠夫
蹲踞在家，孤零零晒着太阳
风湿病上身
一副老骨架，终于显现出
动物的原形……

为什么要活下去

我还有忠诚，它在结婚证里
我还有爱，隔壁睡着我的儿子
我还有未了的心愿——写一首很棒的诗
我还有没见到的人，他住在另一个城市的
一间旧房子里

我会活下去，我爱吃卷心菜
还有酸牛奶，我还想穿更多的棉质裙子

我会活下去，我对自己说：
我能保持身体的清洁也能保持灵魂的自由
我能忍受住孤独，像世上
只有一个人一样

我会活下去。

大与小

小时候，
我总想写大字，干大事
做大人
去一些大的地方

现在我不会了。
我渴望小，变小
看小蚂蚁
听小情歌
过小日子

我再也看不惯大的排场
和事物，也做不了
大的梦
悲痛时，也发不出大大的哭声

车站

除了冷，什么都没有。
没有拥抱、热泪、离别。
都没有。除了汽车尾气
在空气里慢慢飘散……除了那一地的灰尘和
被风吹来又吹走的塑料袋，除了
我刚刚听到的一句"你在哪儿？"

什么都没有。
时间带走了青春，又送来衰老
我们都在候车
不断地出门，不过是把生活这个老滑头
从一趟车，带到另一趟车上

多么冷，我边等车，边在笑。

屋顶的灯

这座房子刚建起后
我就站在了这里，我俯视
眼睛正对的是床，15平方米的空间
四面立着白色的墙壁

除了屋里的夫妻，晚上
我从没见过别人进来，我看着他们上床
说话，争吵，但有羞涩的事情发生时
他们会让我闭上眼睛

现在是白天
房间里没人，昨夜的气味还在
内衣和袜子，也都回到了床头的柜子里

地上有几根长发
那是女主人的
床头有几本书
上面有她的诗

一切都很平静
生活还算正常，窗户开着
我看到一股清风正悄悄翻了进来

红色的记忆

施施然

"70后"教育之诗

未及鬏年，他们替我
"哗啦"一下打开了人生的第二道门
知了在窗外搭起密不透风的帐篷
讲台上，理性之光
在女班主任的黑框镜片后闪烁

这是多么新奇而庄重的体验：
"团结紧张，严肃活泼"——
祖国的花朵在辽阔的阳光下轰然绽放

音乐课，蜡笔，黑板擦
我们思想的羊群在蓝天上滚动
时间像永远不会枯竭的海洋

我们习惯把浩渺的知识（知识就是力量）
也称作海洋。我们快乐地悠游
尊敬师长，热爱祖国
用"五讲四美"武装意识的双桨

他们关心我们的动作是否一致
他们把掉队的我，拉回到集体

红色的记忆

小学二年级时我被女代课老师
当众叫起，并且回答

同桌男生的告密：为什么骂老师笨蛋？
她叫我：戴红头巾的女生。

红是我祖国的颜色
暖色。光谱波长750纳米
像火焰，像血液
令人激奋，或是暴怒
像熟透的苹果，儿童的脸蛋
香甜
多么诱人，想一口吞下。

母亲挽起的确良袖口，熟练地用刀
切开一只番茄。手臂白皙
她从一个蓝灰色的年代
幸存下来。她给我所有的红色：粉红、绛
　　红、玫红
她说红色美如花。

代课老师威严地用教鞭敲击讲桌
她在等待我的解释
或否认。微胖的身躯
饱满如谷物
当我明白我必须面对，我诚实地回答：
因为我举手你从不提问。

她轻声唤我坐下
她叫我：戴红头巾的女生
我丢弃了骂人的习惯
（即使被别人妖魔化的时候）
用以回答问题，或是歌唱。

当我从午睡中醒来
母亲和梦一起消失
我努力寻找这些红色的记忆
这温暖，这力量
从未离开过

母亲白皙的手臂，用刀锋剖开番茄
哦，那"戴红头巾的女生"
在新世纪之初的
午后，"生出自己"。

那一天

他说要去新西兰，那一天
日头高悬，亮如刺刀的眼
那一天我还有妈妈。妈妈呀
你头顶的白发像初春的雪
多么美，那一天

身旁的小河哗哗流淌
它带走了你的话语和眼泪
"你可愿意和我一起远走高飞？"
妈妈，我只记得你的笑容和白发
那一天亮如刺刀的眼

针灸记

祖传的私人诊所。老中医
手法有度，加重着白炽管灯下的阴影和
我脖颈的钝痛。沿着穴位，将银针
发丝一般，但更尖利
一根，一根，刺入我的项背，捻转，
提插，引发金属般的酸胀。但不见鲜血溢出
我紧闭双唇。回想起幼年时
冬夜，父亲用铁锤敲打小木床上的铁钉
以使床更结实。我在即将做好的小巢
和散落一地的钉子间，愉快地跑跳
我想象当我躺在这崭新的、铺着蝴蝶床单的

属于我的小木床上，梦，也必将前所未有地
　　新鲜
和独立。就像父亲此时坚实的背影。
可是突然，我被脚下的碎木条绊倒，猝不及
　　防
身体像落叶飘下，小手扑向尖利的钉子
钻心的痛楚后，热乎乎的血，带着铁的腥味
从虎口喷涌而出，黏稠，惊心的红。
父亲顾不上多说什么，他用厚实的军用毛毯
从头到脚将我裹起，扛在肩背上，冲向
无边的夜色。我咿呀地哭着
反抗着人生给予我的第一次创痛。路灯
在寂静的星空下颤抖，昏黄的光晕。
我倾听父亲疾走的步伐
倾听他的一言不发，和一颗心因疼痛和自责
而碎裂的声音。
这使我安定。在很长时间里，不，
直到现在，它萦绕在我耳边，陪伴在
命运给予我突如其来的伤痛的时候。有力，
　　温暖。
近一个月，当银针在我体内捻转，提插
我已习惯如水般沉静。纵使
生活以猛然一击的方式，在我身体上留下破
　　绽
它愈是凶残
我收获的，愈是健康，以及新生的力量。

那时的野百合

正午的山谷，幽深如无名的鸟
幽深如裁缝店女儿待嫁的心
在你隐入一株山野百合的时刻
在父亲般低沉的山谷
草丛中惊飞的鸟

有一只因心碎而死

那时你俏脸似鸟鸣
就赤脚在幽深的山谷里穿行
山谷里的野百合
还未见过裁缝店女儿的婚姻和二流子的丈夫
你还牵着父亲的衣襟
离摘取的时辰，尚早

童年之诗

晨雾涌动，我像露珠降临在草叶之间
每一声啼哭都折射出双亲的欢喜
蓝与灰的布衣从时代的背景里隐去
我在父亲挺拔的肩膀上成长

我在父亲挺拔的肩膀上成长
我在好酒量的退伍老兵的心尖儿上端坐
欢快的手风琴，天边多彩的云霓
我是父亲偏爱的音符，大山的宠女

登山，背唐诗，练习奔跑的姿势
父亲朗朗的笑声下有一张英俊的脸
童年的脸就是父亲的脸。唯愿
脚踩云朵永不落地，倒在地上永不起来

手风琴幽咽如大雁。我的父亲
消失在银杏叶纷飞的回家的路上
我看见，阳光下的冰层碎成千块万块
命运在我的心湖，撒下了第一把盐

银杏叶

一场冷雨过后。大地的皮肤
渐渐转黄——今年的冬天
来得要早一些

天空收紧的翅膀下
飞鸟滑过的痕迹，来不及隐藏

银杏叶落在矮冬青上。细微的金光
在空中，一闪，向山那边的夕阳
作最后的告别

我挺拔的父亲
穿着军绿的呢大衣急走
在银杏叶纷飞的回家的路上

窗前张望。我代替母亲
已经很多年。他还没有回来

黄昏从梦里退去

哦不该这样。为什么天色
突然亮了起来，而我
还在秒针制造的硝烟里，驰骋纵横。身后
有人唤我乳名，无疑
是已经发生过的事。我轻快地
应一声，庭院里的草
就绿了。漫山遍野的杜鹃，就开了
我在奇妙的明亮里奔跑。周身
染了鲜红的花蕊。我的脉管涨满汁液
幸福地膨胀，膨胀，膨胀……
黄昏向身后退去。日落
向身后退去。一张张脸

向身后退去。退回到我的童贞——
母亲，端坐在堂屋的中央

那时我们谈论月亮

张心柔（中国台湾）

三月三

咿咿呀呀哎哎喔喔
啦啦噜噜呼呼啊啊
我喜欢你奔跑起来的样子

噗噗撒撒叽叽咕咕
哦哦呜呜嘎嘎咯咯
我喜欢你光着屁股的样子

呵呵哈哈吼吼勒勒
霹霹呸呸嘻嘻嘿嘿
我喜欢你在春光下的样子

惊蛰

二月里来了好多雨
先是露水
然后是樱花
游人纷纷驾车登高
住在山上的人倒是淡漠
只祈祷雨不要再下
天冷至少有煤油炉
为冰封的心加温
缓缓的，慢慢的
像一条蛇漫过沼泽
那么不经意
忽然有一天就熊熊烧起来
伏居的文人也在等待

东风解冻的时节

小人尽驱

智者发为灼灼之言

爱情以新的面貌归返

清和温雅的音乐

大街小巷传递

在舞蹈之神的启发下获得灵感

孩童要展开他们的双臂

歌咏大地和春天

擎着火炬的人从山洞走出

人类第一次明白了语言

那天早晨

天气晴朗

鸡鸣五声以后

他使她成为女人

那时我们谈论月亮

　　——赠诗人陈家带

那时候我们谈论月亮

在星辰下朗诵诗歌

大声说话，辩论，拥抱

沿着河流奔跑

在布尔乔亚的客厅

评判福特万格勒和米尔斯坦

争辩莫扎特第二十三号协奏曲

最适任的钢琴家

品尝宋画和铁观音

墨色的浓淡深浅

点描王维的诗

有时　我们的诗人也会来上一首

关于浪漫的爱　关于秋天

关于英雄们的永不妥协

后来几年

人们开始带着插头出门

闲谈之间

偶尔低头盯着手机

也还能抱持一种

彬彬有礼的风度

依旧是巴赫和布拉姆斯

依旧是莱茵的黄昏

不时透露出一种

对年轻世界的悲哀

忽然有一句对白

似曾相识

才发现阳台未合的门

原来我们都在等待

那避免提到名字的人

出其不意归来

给人们阐述生命的哲理

对音乐发出由衷的赞叹

还能怎么办呢

自从费雪狄斯考死去

这世界再没有乡愁

那些侥幸活下的人

依靠过往时代的灵光

书籍和音乐

在深夜里独自前行

多年以后

是否还有人记得

那时我们谈论月亮

在星辰下朗诵诗歌

大声说话，辩论，拥抱

沿着河流奔跑

记得有一个小女生
曾在月亮下唱歌

秘航

我独自一人走在街上
刚刚读过一首关于飞行的诗
在耳边嗡嗡作响
无人知晓的秘密航行
侥幸而暗自窃喜
独自穿越了那么深的幽暗啊
只为了与黑暗本身相合
只为了遇见　更好的自己
发亮的岩石　在海潮深处超升
崇高　美　无限　在虚空中应声
撕裂成浪花千片　我忘了自己曾经
是个女人　在黄昏的时刻
有什么在天空中聚集　又遥遥散去
一如那首古老的谣曲　你欲回神谛听
它已消失无影

2016.3.2

转机

多么令人困倦的飞行
如果它们不是指向你
我这一生的努力将毫无意义
山冈上的花朵将要枯萎
大海汹涌的浪潮也要止息
飞机场：起飞。降落。标准的程序
配上标准的美女和微笑

冰冷得令人作呕
幸好咖啡还能保持温度
幸好拖行李的人脸上露出一丝疲惫
幸好那婴儿忽地哇哇大哭了
幸好候机室有明亮的落地窗
可以望一望远方的山
就像望着你

2016.2.27

你听见了吗

我亲爱的心
你听见了吗
那传自天际的悠悠呼唤
一首首古老温柔的歌谣
当星子向大地投射深情眼眸
你可曾预备接受那无上的光？

我亲爱的心
即使黑夜看似漫长
你要好好记得
那永恒不灭的美妙乐音
始终响亮在黑暗上方

记得你爱的人们
记得那些夏日和疯狂的想望
记得在寂静中默祷的眼泪
记得诚挚的友谊和微笑

即使黑夜看似漫长
记得故乡的草原和山
记得那条秘密的河流
记得她美丽的模样

即使黑夜漫长
也不放弃歌唱

不要在黄昏时离我远去

不要在黄昏时离我远去
那美丽隐含着巨大的哀凄
飞鸟归巢，人们自劳动回返
舒适的房舍，餐桌上的交谈
主妇小心翼翼经营的温暖
兢兢业业的中产家庭
世界的良心与黑暗
——不，我一点也不羡慕
即便那里有聪明的艺术家
风流倜傥，辩才无碍——
我知道我等的那人会从荒野上来
我将为他在星空下搭建一张床，一个家
为他唱一首歌，跳一支舞
给他全世界的大海

永远的故乡与短暂的住宅

林忠成

永远的故乡与短暂的住宅

欧洲十九世纪的哲学有一种主流指认
只有童年生活的地方　才是一个人内心认可的故乡
才能成为他终身魂牵梦绕的精神家园
直到他白发皑皑　气息奄奄　也还不断向往回去
的福泽之地　现代人向往"生活在别处"
以出没于高楼大厦　居于繁华都市为荣耀
不管他住过多少豪华别墅
都抵不了童年时期乡间的一座茅草屋

故乡与童年是一个人判断世界的出发点
是他价值体系与精神走向的策源地
在一个四处炫耀速度　数量与GDP的场域里
没有多少人可以抵制大都市的召唤

抵制灯红酒绿与滚滚红尘是需要定力的
只有双脚牢牢踩在故乡泥土深处的人
才有拒绝繁华的勇气
荷兰大哲学家斯宾若莎终身
以阿姆斯特丹郊外的土木屋为故乡
靠磨镜片维持简单粗陋的生存
拒绝了海德堡这个大城市奢华的邀请
斯宾若莎认为只有故乡才能成为他哲学玄思的源泉

近30年来 离开故乡成了一种最流行的疾病
人们以抛弃故乡为荣 把它当成人生成功的标志
殊不知 他们从此走上精神上自我放逐的道路
在大都市激烈的竞争里变得焦虑 浮躁 心力交瘁
再也不可能获得故乡曾带给人类的安宁 清雅 恬淡
他们只能在半夜遥忆故土
发出"唯望故乡无限事,却记他邦多少年"的感慨

通过地气 逝者以野蘑菇复活

地气在冬天开始收缩 回流
它要在大风飞雪来临之前完成返乡之路
地气收缩时
一些草木以腐朽的方式还原大地
一些蛇虫把蜕皮 蜕壳留在地面
然后躲进地洞开始冬眠
等待下一个生长季节的到来

地气在大地的运行与四季规律相通
春夏旺盛 秋冬衰微
在我少年时 村庄告诉我
所有发生在大地上的事 都与泥土有关
哪怕是灵魂 或者一些凌空虚蹈的事物
都源自泥土 最终又都归于泥土

一切离开大地　离开土壤的"强大叙事"
必不能长久
我能够想象　那些逝去的亲人
回归泥土的爷爷　奶奶
在另一个春天　地气开始上升的时候
他们一定会复活　一定
以草木的方式　以野蘑菇的方式

充盈的地气

弥漫的云雾也许是地气的外化
它充盈于土地之下　饱满　旺盛
像水果内的汁液　想撑破外皮
尤其是春天　遥远的大地隐隐滚过春雷
地下的神祇苏醒
地气应该是在这个时候松动的
仿佛一个隐身人　在泥土之下施展魔法
对枯萎的草木施行还魂术
草木的复活一定是疼痛的
路边随处可见疼红了脸的野花
疼得弯下去的青草

泥土味弥散在早晨的空气里
树枝上挂满剔透的水珠
地气会通过一些管子输出来
土地之上生长着无数大大小小的绿色管子
树木　青草都是管子
地气涌进村庄
农人们打着赤脚下地犁田
为了方便吸收地气
地气能帮助人们打通任督二脉
让人通体舒泰　精力旺盛

大地之上　地气被阻隔

现在　地气带给我们的生命力越来越微弱了
因为我们离土地愈来愈远
我们穿上了厚厚的皮鞋　阻隔了脚对地气的吸收
我们在地上铺上厚厚的水泥　瓷砖
进一步阻隔了双脚对地气的亲近
像一个哺乳期婴儿被阻隔了奶源
转喝人造奶　化工奶

离大自然越来越远
血管里流淌的已是石油　而不是天然的血液
地气的式微已嬗变为现代人内心深处
挥之不去的忧伤
居住在钢筋水泥构筑的城市高楼里
离大地远了　离村庄远了
处处是人工巧智
弥漫着钢铁　石油　塑料的味道

科技进步与文明历程其实是反人性的
它把人类载上一条逃离大地
逃离大自然的列车　看不到终极目的地
文明就是一只巨大的皮靴
隔断了人类原初的单纯　本体性
"见素抱朴，少私而寡欲"的大地消失不见

以泥浆里打滚接收地气

从小生活在乡村的我是幸运的
因为孩提时代大量地吸收了地气
以各种方式零距离接触土地
打着赤脚在田野里相互追逐
像泥鳅般在池塘里打滚
放牛时脱光衣服躺在草地上纳凉

夏天的晚上躺在一棵树下睡觉

人其实就是土地上长出来的青草野花
是栖息于枝头的鸣蝉　是藏在洞里的青蛙
他跟万物生灵一样　是大地的孩子
被深厚的地气抚养
肥沃的土壤是人的奶娘

在前现代时期　大地是拿来敬仰的
不是用来征服的　是拿来哺育的
不是用推土机　钢筋水泥改造的
一切现代文明都以利益为宗旨
对大地进行理直气壮的破坏

现代人的双脚被厚厚的水泥　瓷砖隔绝开来
离开土地　吸收不了地气
人容易变得浮躁　轻飘飘
一点小事便焦头烂额
无法像井底的水沉静下来。

致陶渊明

刘傲夫

我的诗歌

我的儿女
我希望你们
千差万别
为此
我让各省
各族
各国的健康女人
你们的母亲
受孕
目的只有一个
你们兄弟姐妹之间
一点也不要
相像

回京

农村娃
回北京城
就是散养的鸡
进到笼里
吃饲料

接头信号

养鸡人驾驶摩托
来到山脚
他一鸣笛

鸡们就跑过来
吃食

清晨工作者

最近凌晨四点
我就醒了
就开始微信
朋友圈写诗
我的诗歌
一首首出笼
窗外的朝阳
也冉冉升起

绝句

大地落满松针
我侧耳倾听到了
地下万年的沉寂

提前打鸣的鸡

它总拿捏不好
主人醒来的时刻
四点来钟
就叫了
在节日这天
主人宰杀了它

致陶渊明

五柳先生
你在赣北
可好
要不要来
赣南走走

认真的月亮

陶迁

黄昏

十六点五十八分
路上的行人暗下来
暮色还未满城
暮色匆匆忙忙
黄叶且说着西风消息
说暮色满了行人
说衰老也分玻璃内外
有南方与北方之别

我在室内喝下一杯茶
暖流如此花幽独
哪管什么明月降临呢
坐下来，我和你谈谈黄昏

百草园

人们口中的百草园
到了夜晚，只剩下乱石与枯草
说出去的语言们都心有余悸
说　没有乱石与枯草
说　没有语言
只有我疲惫的字迹如草蛇灰线
龟缩在痕迹里，消失了痕迹
连同狂风的低吟耳语

所以等到太阳出现
昏暗的事物都鲜亮起来
就有了人们口中的百草园

认真的月亮

如果月亮成为我的恋人
那么月光，便是我和她交往的书信
我写信告诉月亮我要为她建造一个温暖的家
还要给她取一个温馨别致的小名
但我需要十年的时间

月亮的红晕升起来了
她却只轻轻地回复我：
你的来信太潦草，我看不清

我手里拿着保温水杯
盛了半杯水，剩下一半
用来容纳脑袋上面飞机的低鸣
狗叫声是最高规格的欢迎
沿途洒下三两声，扑通
跳进冰清玉洁的塘水
偶尔有三轮车经过，打着灯笼
扬起的红尘只有巴掌那么大吧
没能引来哪个妃子笑
却被光秃秃的枝头上
某只拒绝冬眠的眼睛捕捉
我和暮色在这条路上行走
我变得轻盈，它却加重

吊兰的手术

给两株吊兰做移植手术
手术台在阳台
工具是剪刀和耐心，补给是水和黄土
把它们从贫困山区
迁往等级森严并且肥沃的城
给它们温暖和湿润，祝它们长寿

惊讶于那么营养不良的可怜身
根茎居然触到黑暗深处
思考整座山体和黄昏的落日
由此想到的，是人类的童年
该是多么漫长而不幸
同时想到自己的童年
又黑又瘦，原产于非洲

与暮色行走

我和暮色在这条路上行走
它走在前头，我在它身后

离别诗

黄小培

死这件小事

死亡使一个人饱含热泪，
而衰老是一生的事。
每一日被餐桌上的蔬菜和粮食消化，
又在生活宽大的病床上醒来。
我的快乐是光芒照见的葡萄，
我的痛苦是还活在其中，
它有蜜一样的诱惑。
我已经历了许多死亡，
像一阵风吹过雪白的梦境。
这世上有我所熟知的告别方式：
从人群中分离出来，长久地。
所以有时候，我会到无人的
旷野走走，短暂离开，

迎接风，迎接万丈的苍茫，
独自领略可能涌来的一切，
苍老的心是挂在鱼钩上的星漂。
植物们的投影给人以宽慰，
里面藏着鬼魂，不说话，
他们吃露水，喝新鲜的空气，
过着和我们互不相干的生活。
这样看来，"死，是死不了人的。"
当我嗅到大地沉沉的暮气，这种
寂静而古老的气息，像雪，
在一片蔚蓝里飘。
感觉到身体开始在风中消散。

离别诗

一生都在离别啊，流逝的时光
一刻不停地带走旧风景，
带走旧家具和年迈的亲人。
花花叶叶陆续离开枝头，
消失在燥热的蝉声中。
我也在不断离开自己，我感到
体内一些小螺丝开始松动，
身体开始发福，变得贪婪、虚伪、富有野
　心，
这种样子曾令我厌恶又恐惧。
如果祖父还活着，他一定会在门前的
菜地里种下许多豌豆和大葱，
然后抽着烟骂我混蛋。
为此，我醒在白天和黑夜之间，
像一个梦游者拖着疲惫的身躯
一次次奔入火热火热的生活，
我的青春正像风一样从我体内撤退。
如果你见到了像我这样的人，
你就能看到且明白他眼睛里的深渊。
请原谅他不停地奔走在远方，
原谅他那颗丢失的悲悯之心
和无处安放的乡愁，
原谅他被生活的再教育封住的嘴。

生活学

回忆掀起破旧的一角。
大浪仍在淘沙。
我们之间的距离，
那些多出我的一部分模仿出
云一样不确定的事物，
在流逝。在返回。

仿佛我们用着同一躯体
而你又无从确认。
孤独让我亮起的一盏灯，
灭过。但它现在依然亮着，
沿着汝水卑贱地流，光明正大地流。
鲜嫩的空气，每一日扑打
同样的发光体，我和餐桌
惯性地接受死亡。
生活向我露出它的苦相：
一个破旧的时钟，疲惫、温暖。
我感到有些灰的时候，身体
成为夜色的一部分
成为它平静下来的样子。
仿佛指引，又仿佛对抗。

敬畏

我对土地的敬畏来自于消失的
亲人们，他们不见了，
其实，是把自己种进了地里，
长成草或者庄稼。
在秋收后短暂空旷的田野上，
寂静不是寂静，是深渊。
土地太孤独了，想生长，想闹腾。
比土地的孤独更深一寸的
是地下醒着的亲人，
他们总想探出脑袋看看什么。
犹记得那年二叔开着隆隆的拖拉机播种，
一头扎进沟渠鲜血直流。
那个躁动的黄昏，
土地拽住天空一起眩晕，
落日在远处的杨树林里浓烟滚滚。

秋天使我感到无比羞愧

秋天是一个人突然去了远方，
而他的耳朵里还回响着夏日的涛声。
万物之中有的长成了栋梁，
有的在凌厉的风中消失了身影。
而后者正是那些无人理解的事物，
它们有着和我同样的木讷和孤寂。
一天之中，在最安静的午后
走出家门，来到无人的旷野上，
望着远处的杨树林和稀疏的村庄，
阳光依然照临大地，为万物指明归途，
我的云烟，光芒，欢乐，寂寥，
像一群温顺的小狗撕扯我的衣角。
而天空湛蓝，白云离我很远，
但和我渐渐走远的爱情离得很近。
过去的岁月里有太多的事物经过我，
幽暗与光明，长久与短暂，壮丽与卑小，
快乐与忧伤永恒流转，它们的意义
在于让我在短暂的一生中尝尽所有吗？
高远的天空把我无限地缩小，
依然是大地的博大托举着我的悲怆。
整个午后，秋风不停地吹拂着
流逝的时光和生活中的庸常琐事，
不停地吹拂着周边寂静里潜在的深渊。
我的心已不再年轻，身体里落叶纷飞，
越来越轻，这使我感到无比羞愧。

虚怀

江野

虚怀

鸟翅般朴素的词
不说话
不在白绢上过度地刺绣
像铜钱曳足而转
轻轻经过一些朝代
磨着石头简单粗狂的手
野草的错误生长
渐渐走出僧侣
像一串遗失的檀木珠子

祈祷

沉默的穹顶下
颤栗的炉渣增厚院落

统治井和光线
像这潺潺作响的雨
湿透春天
芳醇的幽谷

叶片躁动的山坡
落在农夫的土地上
打湿荒原的裸脸
又在小孩的头发中闪耀火花

日记

下午上山。寺院檐头的白云已经飘远
抚摸阑干的人走进林中
阔叶的眼睑光明一闪，风烟俱散

风烟俱散，寒鸦扑闪初冬的翅膀向西
沉下。赤裸的岩石对着疲软的心
模仿他干净的身体

跳下山崖。暮晚里一个人吃简单的饭
思考的事情也都趋向澄明
此间有寂寂江山。

无边的往事：是儿时层层叠叠的炊烟
消尽。历历在目的哀愁
是晾晒在某个春天的旧衬衣

礼物

是在昨天之前。我抬头，并且看见
天空之后出现的荣耀光斑

那上面的人都有一双漂亮的手掌
都有一串散布着湖泊的手链

我是在仰视神灵吗？它光芒一闪消失不见
所有的轰鸣都被淹没
所有的影子都被摔碎

但是，请不要告诉我它的名字
请不要谈论我不知道的事
喝酒时也不要说
"但凭快活论生死"

是的，天空只有一个
涂满了蓝色的血污
我曾经坐在下面给自己倒酒
看见那些脚从面前经过
也不去追问它们的名字

时代

帽檐下。眼睛若一片铅灰的平原
它的男人粗鲁地走过。憎恨
似乎没有终点的旅途

而睡眠曾用舌头柔软地舔舐着双脚
尘世的卷帙春天一样展开
一切欢乐经历的深水
大声喊着我们

我们似乎兴致冲冲。抬起头
环顾四周。在站台的中央
听从招呼。我们都闻到密集的人群的气息

欢声笑语

坐一个敞篷卡车，我们
去寻找油画里的太阳
司机从他实践的真理中
回过头来，在我们中间寻找光
美人。无限的江山

大群的云层像故乡的棉花
稻草人用破烂的衣衫向我们挥手

一闪而过。这群拥有莫大安静的人们
突然开始疯狂

叫喊像黑色的针快速穿过灵魂底片
影子里的疼怜爱着漏风的初秋
我们都犯过不可饶恕的错误
我们都曾在做梦的床上遇见
躲藏在树木和栅栏后面的旅行

阳光下，有他未来的幻象
手持悲欢，指天而问
但我们什么都没有看见
我们只是重新回到司机的身后
在欢声笑语中驱赶那一张张
发呆的脸

你再也找不到季节的间隙
搁置于北方的空椅子，没有谁再坐上去
轻轻叹息一声
流水逐波，有人走远
晚钟摆动，他们起身互道再见

秋天走远

落叶在你脚边要银的竖笛：腐烂是一张脸
阳光被吹凉了，在寻找寂止的表情。
旷野的照片。它们掉出来：
野葵花被砍掉头颅
临近的道路宽阔，笔直，干净，没有尘嚣
一间秋天的屋子灌满风
细碎的芒散开，露出一个男人沉默

树木升入天空
远方的人从褐色里走出来
又悄然走远。一枚腐烂的树叶
一直在敲流动的门
一扇扇打开了。时间的颓废和糜烂
永远不说绝望，也拒绝相互理解

从越开越远的门中走出来

自我认识

薛淡淡

自我认识

一只蚂蚁
在滚烫的水泥地上狂奔
谁能猜测出这其中的意义
阳光的炙烤下
左冲右突不断奔跑的蚂蚁
一下就让我看清楚自己
不过是一个躲在防晒伞下
害怕被晒坏的脆弱家伙

祭奠

春天刚刚降临
我的心长满诗句
人们疯狂采摘苜蓿的嫩叶
将它们成捆成捆地做成食物
大地一片欢腾
我停止写诗

空

一个月之内
六则死亡消息

这并非新闻
而是生活中的熟人
死者的年纪
最大八十岁最小九岁
这些噩耗让我的身体
变成一截隧道
一股股冷风不定时
从中呼啸而过

时光如皱

窗台上放了71天的苹果
黄色的表皮光泽尽失
时间赋予的柔和
隐藏在顺序排列的皱纹间
坚硬的大理石台面上
天生的浑圆正在塌陷
漫天的霞光无法遮蔽
一颗苹果沉默安详的内心
和没有戒备的时光印痕

致敬

身着质地考究
颜色鲜亮T恤的
八十岁老人
让我对他的儿子升起真正的敬意
这个世界
太多穿得起名牌的儿子
习惯了父亲的简朴

邮车

高速路一辆邮车缓缓行驶
我驾车从后面呼啸而来
有那么一会儿
四野宁静，风声呜咽
我们并行在
画白线的黑色柏油路上

猜想一辆邮车上
装着什么
一个个信封中
绝交信、情书、判决书……
改变谁的命运

长期占据报纸版面的重要人物
躺在沉闷的邮车里
随着车子摇摇晃晃
他们一丝不苟的笑容
会不会有片刻混乱

欺骗、罪恶、陷阱、灾难
虚伪、色情、贫穷、战争

就在那一刻我感觉到
世界的面目
密集呈现在
一辆通体绿色的邮车上

雪的尴尬

无论有多少人
对着手机屏幕
写下赞美雪花的诗行

都不能阻止
在环卫工人皴裂的双手
紧握的铁锹上
它们迅速变成一堆又一堆
沉重冰凉的垃圾

父亲与母亲 从容

父亲

我对你的身体一直非常好奇
小时候，妈妈在讲"海的女儿"
你在帘子后面洗澡
我佯装睡着，希望看见你拉开布的霎那
像一个雕塑出现在我面前

可是每一次我的狡诈都成为泡影

2006年4月1日
你无助地躺着
男人们在一间水房里哗哗地冲洗你
我想象你的裸体
干瘪皱褶的乳头

无力的生殖器
我希望这世上没有人能看见它们

开往墓地的路上你身体发出的汗味
竟然和我一样
我搂着你的头
怕车颠簸了你

你的一缕头发被我放进化妆袋
也许有一天我会把它交给你最亲的人
对他说
你还在

黑暗中，你的身体和我想象的一样瘦弱
无奈地俯视着茫然的我：
女儿，我多想帮你……

妈妈

你和小红阿姨每天唱着歌剧咏叹调
开始饥饿的一天
每天半夜，你和长影单身宿舍的女演员们
相继饿醒后，手拉手去喝上一碗人民食堂
免费的白菜汤

那一刻你忘记你的童年曾像秀兰·邓波儿一样衣食丰足
姥姥把你打扮成美国的洋娃娃
你水草一样茂密的柔发被姥姥烫成夸张的大波浪
再扎一个同样夸张的红蝴蝶结
你穿着白色羊毛连裤袜
你有专门的车夫接送你上学
你的手指细嫩如丝，眼睛像白雪公主

妈妈

我想象这样的日子已经整整三十年了
哪怕只过上一天
哪怕只在洋车上坐上三分钟
哪怕只扮演一秒钟的你
而我的胸前挂着月票牌，无人陪伴
有轨电车的铃声成了我唯一的朋友
我几次被蜂拥的人群挤到铁轨下

你把我的头发剪成假小子
我和你给朝鲜电影《摘苹果的时候》配音
我们像在一座密闭的庙宇里，在黑暗中
自豪满足地扮演另一群人
那一刻我们的灵魂在幸福的朝鲜

你像革命的林道静那么专注，那么神圣
忘了刚刚身高一米的我
于是，我记住了你每一句惟妙惟肖的台词
记住了你年轻荧幕光影下的声音，你那么温柔
我几乎爱上人群中的你
那时你就生活在江姐、柯湘、阿庆嫂、李铁梅的世界里
我不明白
你那么好看，为什么化装成我不认识的人
有一天你忘记卸除的浓妆，成为我多年不敢抚摸你的理由

你遇见了同样排队同样喝着白菜汤的父亲
他满身光芒，刚从苏联电影专家班学成归来
你们喝完白菜汤回来的路上唱着《喀秋莎》《深深的海洋》
你们恋爱了，彼此称呼萨沙与雅沙
你是他唯一的主人，他是你唯一的仆人

你在天津正演着李铁梅
从凳子上跳下却摔倒了，医生说你怀上了我
从此你的明星梦因为我幻灭成暗影
你崩溃了

夜以继日地跳

想把肚子里的我蹦到天上去陪月亮
但是，妈妈，我出生了

很多年了，妈妈你还记得吗
在长春，一个叫四宿舍的地方
你在一群说着"阿拉伯语"的家族里
无数次地咬破嘴唇，想逃离这座破烂的宫殿
你的痛苦压迫你，而你压迫我
你用你的躯体、你的手、你的怒吼
黑暗中压在我熟睡的幼小的身体上
我拼命挣扎，在噩梦中呼救
是三伯闻声踹开了被你反锁的门

妈妈，几十年过去了，当我和你在一起
我仍然无法均匀地呼吸
妈妈，当时你是想和我同归于尽
还是想让我一个人离开这个世界
直到今天，你的那只手、那个身躯
仍深深卡住我三岁的身体
正在磨损着我老去的身体

直到今天，我和你同屋而居
我仍看到你无数次以泪洗面，把嘴唇咬出血
它们像幽灵，这么多年了仍尾随我不放
妈妈，我总认为我永远都成为不了
你镜头下骄傲的"红衣少女"。

"我爱你和爱你妹妹的方式不同
那个时候我还太年轻，还没有准备好做一个母亲。"
多年后，你不知所措地对我说
我害怕你的哭嚎，仿佛它们是从天而降的冰雹

我们之间变得像两个敌国之间的外交

我和妹妹大学毕业后，交出了家门的钥匙
你每一次搬新家

敲门、等待，很礼貌地走进你的家
除了茶杯、碗筷，从不敢碰你的任何东西
它不再是我和妹妹转着花手帕，满屋嬉闹的旧天堂

妹妹走后，你成为温柔的君主
你对我的那位"君王"说：我的女儿不会为任何人改变！

妈妈，你把爱的缆绳藏在我无法看见的深处

你为自己买了一块与妹妹比邻的墓地
当我登录邮箱，发现你七十高龄还在为我转发邮件
想起栀子花开的12岁，你教我洗干净一件内衣
你坐着的士，端着亲手包的饺子，敲开我的家门

妈妈，我爱你！只是我一直需要开启时间的锁孔
时间不会和我们再见
那就让一切该错过的错过，该重逢的重逢

没有人能教会我原谅，哪怕宗教
几十年之后我第一次把你写进诗里的时候
我让这些文字原谅了我自己，原谅了你

兴凯镇

桑克

走前唤醒我

走前唤醒我
以及那座遥远而沉睡的城市
我知道我的性情已不复从前
我们并肩走过的岁月
在晚钟的萧索中弥散玫瑰的香味
让我像初回故乡的大雪
将国防公路的寂静淹没

噢，我十七岁的小姑娘
我感觉到我的头发都白了
而心中的圣地一片血色

还需要什么赐福

还需要什么赐福
我们已经拥有我们该有的，无论紫荆花开放的
思想，还是被水轻轻梳理的忧郁
我们已经全部拥有，这早期战地的弥撒
在我们席地喘息的时辰正式实施
我们来不及赞美和歌唱，在沉默的酒精和
劣质烟草的混合气味里
我们已经聆听过宁静
战争之后，我将拄着杨木拐杖，捧着金属的
荣誉证章，返回辞别已久的故乡
我来不及赞美和歌唱，面对连绵的山岭废墟一般的洁净
我将要想到一座留给什么人的墓碑
　"我是一头为正义献身的猪"

农场

我成为夏日里的农人，我的柴镰
高举过顶
顶上有日头和大风

那些腥味的雨水，那些温柔的火焰
已经成为我冥思的深处和牛栏
我看见那些辉煌的禾束
向我张开大嘴

我听见了呼喊、悲伤和沉睡
我听见了沉睡、呼喊和悲伤
悲伤的大树在田亩的尽头
是我远行的父亲

我的孩子就是我，在那静穆的

田野上，弯腰或者直身
我看见眼睫毛和汗水
汗水滴滴，掩饰与幸福
组建的家庭

我在那静穆的田野上
大路和日头已经弯下腰身

新建乘降所

我的两侧是广阔的寂寞的雪野
细碎的金沙在积雪的脸庞上闪烁

一列墨绿列车从我肚腹中心穿过
我没有感受到接触的疼痛，也没有感受到离别

是如此清晰，像北部乡村夜晚清晰的星空
往昔所忽视的都已呈现，那么矮小的星空的棚顶

我还需要什么，宁静已允诺戴上我唯一的戒指
我可以进入永恒的休息，从今日正午开始

老虎砬子以南

本子上细腻的铅笔画
一瞬间活过来，当我戴着
茶绿色的眼镜。一切都那么肃穆
好像一截拷贝从活动的电影中剪下，静静地
挂在天空的幕墙上。每一个角色的眼神都那么相同
如果你没有仔细分辨它们细微的变化。
看待风景，看待阳光下的铁轨也是
这样的粗心，你还能看到什么？

一匹驽马在身后打了一个喷嚏，径自走了，
仿佛它经过的不是你——一个大活人，而是
一块石头。如果你动了一下，它或许也以为
那不过是一只偶尔在石头上休憩的苍蝇。
一只伤感的苍蝇，通常被认为是一只不合格的
苍蝇。在我的视野里，尽管天空的面积比城市的
大了许多，但是我的心门仍然被什么东西锁住了。
我叫不出它的芳名，只能咬着细碎的小牙含混地说：命运。
一群陆地鸥从头上飞过，寻找着含浆量高的麦田；
我在心里疾疾地狂走，妄想找一块伟大的板砖，把
枯萎的井填满，好让里面的
清泉溢出来，流过荒凉的农场。

武胜四首

李元胜

容器

只有从未离开故乡的人
才会真正失去它
16岁时，我离开武胜
每次回来，都会震惊于
又一处景物的消失：
山冈、树林、溪流
这里应该有一座桥，下面是水库
这里应该是台阶，落满青冈叶
在陌生的街道，一步一停
我偏执地丈量着
那些已不存在的事物
仿佛自己是一张美丽的旧地图
仿佛只有在我这里

故乡才是完整的，它们不是消失
只是收纳到我的某个角落
而我，是故乡的最后一只容器

2017.6.1

暴雨如注

那是个暴雨的下午
我伸手叫了辆人力三轮车
自行车改装的三轮
摇摇晃晃在泽国前行
骑车人拼命蹬着

和缓慢的车速比起来
他大幅度的动作简直像挣扎
前面水更深了
我一边掏钱，一边叫停
怕他的车陷在积水中
让我意外的事发生了——
他拒绝收我的钱
掩面疾驰而去：我们是同学……
我追着跑了几步
还是没能看清他
有好多年，我都像那辆挣扎的三轮车
深陷在那个下午
暴雨如注，皮鞋突然灌满冰冷的水

2017.6.1

天色将晚

我有一个忘年交
很多年，在嘉陵江上修建大坝
很多年，建造悬崖上的公园
在公园最高的地方
他还有了带露台的住宅
那应该是看湖最好的地方吧
我经常设想：从露台上俯身向下
一生高低错落，尽收眼底
那该是何等气象万千的黄昏
终于，有机会去拜访
置身于想象了很久的露台
有点震惊：密布的灌木让它像一口井
天色将晚，他也体态臃肿
似乎无心回忆，也无心观天
看起来，一切都不适合俯身向下

2017.6.2

形同虚设

我想起了另一件事
曾经有一群犯人住在悬崖上
那里山水迤逦，对岸风物伸手可及
但他们眼前只有高墙
塔楼上，始终有一个哨兵
他也背对着风景
紧盯着院内，两眼一眨不眨
有时我们是犯人，有时是哨兵
那又如何，很多的一生里
命运不曾提供一次眺望的机会
高处无意义，风景也形同虚设

2017.6.2

雾100（节选）

胡起起

12
我想对你说：
人生很长，光阴很难挨过
露珠等待蒸发，
都有些不耐烦了
秋虫想尽快了结自己
啾啾地鸣
大腿健硕而烦闷
我想对你说：
人生很长，光阴很难挨过
别躲着我，别躲着我。

13
好久未恋爱了

碰不到恋爱的人
心如石沉大海
又似死鱼漂起
好久未恋爱了
碰不到恋爱的人
心如丧家之犬
又似鹤立鸡群
好久未恋爱了
碰不到恋爱的人
心如老僧入定
又似少小离门

14
使尽了眼色

人们仍是自顾自地生活
渐渐适应了，尔等的卑劣
如神明在撒谎的瞬间，
忽然变得明智
欺人者，终于自我欺侮了
智力的成果，落满一地
被践踏，弯腰摄取养料
可以自我膨胀，快回来吧——
内在的正直，真正地迈着八字步
一步一挪，像屈尊的截肢者。

15
当左手把你照亮时
右手在下雨
你找不到一条路
掌纹深处，是有斑马的
骑着它，或许有一段奇遇
白云和乌云在嬉戏
童子与丫头，看着美满
桃李与春风，看着美满
酒未溢出哩，看着美满
由拳而掌，再而鹤形
阴和阳隐于中和之中

16
为什么，时间被制造出来了
它为大人们打造了一个囚笼
而童年的时间是无限漫长的
弯曲，变形，伸缩自如，淫荡
全然而然地在当下，
与每一个事物合一，贯彻其中
没有生死问题，也轻别离
似乎没心没肺，没分别心
把3写成E，而把5也反着写

逆时针旋转，旋转
黑洞多么伟大呀
回收一切现状

17
隔年的阴影进入肺里
抽出一些句子，和咳嗽
旧时光不再是实在的
狠角色，狠狠地忘，狠狠地记
但是，打脸啊
一点点检点过失
过往，如雾中人的失望
飞鸟渡过迷津
怀乡的人失去自己的楼台

18
对面人在嚼动
将固体咻出水来
吮吸流汁，啧啧出声
与世相充分搅拌
把色的流连摄入空的肠囊
残破的一局，山河日下
稀释而多情的谷物精华
冉冉与袅袅化生而填髓
鹤形人，忠厚的长者
雾化吸入，化虹而去
从此不食人间烟火
只在烟火深处残喘

19
当一切假相都被识破后
真理无用至极，归零
当零也被擦去时

只剩下一副恐龙的骨架
让人认出恐慌
但恐慌随后被镇定的意识埋葬
一堆流沙掩盖了另一堆流沙
当风吹过，万古长夜
只有沙静静敲击着虚空
有时吹成了鹤形人
有时吹成了人形鹤

20

我们重新发明了生活
把白昼延长
让夜比昼还精彩
感官在一道一道的刺激中
应接不暇，忘了时空
心驰而不返
有时，心被压力摧成扁形
感官愈加需要刺激
以迟钝来接应万物
从空空的导管
变为厚厚的肉虫

21

破除烦闷，开窗子
打孩子。景致无二端
心是同体大悲的
我筑起墙，而你拆了它
在这无边的恐惧中
既便沉睡也不放过
闻过了难闻的气息
一切变得安逸了
把此处作为最集中的点
直直地注视
直到死亡把我清空

22

你是雾中人
用自己的方式吐雾
但谁又真正能驾雾呢？
穿越青春的沼泽地
云蒸而上，霞光蔚然
气象真的是一万个不同
偶一闪失，笑个不停
身体里的钟敲个不停
有时像木鱼，有时像暮鼓
世人不敢睁开眼
一匹白马驮着你穿过城市

23

四月很惭愧
北京的花这时才开
别人都热闹过了
尽享了繁花和春色
第一道清茶已经上市
在匆忙地快递和客气地回礼
它们缠绕在人间的雾中
而你的兴味只是生长
放出清香，随风画一段了无痕
也就是如许休怪
或可惊魂又初定

24

舍去本事
锥收起，锋利还在
看谦下的流水
从山间汩汩而出
有几枚桃花
不知谁扔的
我宴坐，忘了归途

沉入无尽的空茫中
身躯皆已融化
语言也已奇妙地无用
妙哉，妙哉
喜悦包围我，也包绕流水

25
遥远的爆炸
与我何干？
蝴蝶效应太远了
慢慢来，慢慢传递过来
抵达我的年迈
受这种种力量与因果的牵引
今生还可以从悲剧中醒来么
一切归结于制度与人性
再细细剥离，里面是空的
像一根空的、秃的羽毛管

28
心性是什么？
明心见性又是什么？
性和命的关系又是什么？
我缠绕于这些真理
准确而言，是这个真理
真理只有一个，其他的是门径
但用一个也不准确，只是为了表述方便
它蕴藏在每一件事物之中
我天天在用它啊
只是想捉住它时
它又来捉弄我了

29
一杯茶，一杯烟雾

短暂的释放，隐秘的激情
像一个遥不可及的梦境
轻轻把神经重新组织，把记忆
再次摆放，缓缓漂荡
水草般地安宁和不安
茶中的水草，带着生物碱
茫然而准确地击中了我
我的胃，我的头颅
乃至于我的恐惧

弦

王自亮

弦理论无疑前所未有地揭示了
宇宙最深层的东西。
　　　——弦理论家　瓦法

一

平行的世界触手可及。
我们在黑暗中聆听，头上是星空，
回荡着巴赫无伴奏大提琴组曲的残响。
脚下是金沙江，虎跳峡
无数裂隙迸射出白色水柱，
宇宙之弦的颤动。

我们的一切努力都被这根振动的"弦"化解了。
它在舞蹈。黑暗中的舞俑，

正将空间几何扭曲回来。
吕布的三叉戟直面而来，
我们完全不用躲避：箭不在弦上。

弦。时间不再是一个闭环，
一缕缕开口，一个个形态。
形态就是世界本质，舍此无他。

虫洞。我们从洛阳到伯明翰走了捷径，
一分钟完成抵达，身后无痕，
而道路闭合如同处女膜，
卢舍那来不及完成一个微笑。

弦在舞蹈。光与阴影置换，
黑暗掩盖着黑暗，所谓光明正是孤儿的别称。
此刻空间的撕裂成为可能，
正好便于我们穿越。

二

弦在舞蹈，一个倾向掩盖着另一个倾向，
有形伴随着有声，宇宙与粒子
统一于声色，人诞生于缠绕。

弦是黑暗中的光，劈开混沌状态的，
不是上帝的意志而是他的工具。
黑面包被切开，秘密就是空无，
物质虚空而颗粒如弦。

内部充满舞蹈。粒子就是舞蹈。
弦产生引力，物质粒子和
信使粒子正在倾心交谈。
宇宙之美登峰造极，而珠穆朗玛峰如箭，
时间如箭，朝着所有的方向，
射出梦幻之光，不同的方向是同一个方向。

世界如同一片清新的叶子，
一片颤抖的、盛满黑色光芒的叶子。
每次切开都得到一个曲面，
土耳其骑士的马蹄踩扁了一朵马蹄莲。
盔甲打开礼拜堂的大门，
恒星如人群，涌上祭祀的石阶。
宇宙保持了最初三分钟的
无助之美。

三

一种极为细小的能量丝，居然
在振动时发出超对称乐音，
轰然奏响宇宙。
一种随机的优雅，蓄谋已久的优雅。
在你面前呈现。

弦。非弦。最后还是弦。
如果每件事都有一千种可能，你就会
猜想到，所有的可能都会实现。
还有泛音，更高的音高与基音频率混合，产生
特殊的声音：宇宙深处有马蹄，
没有归人，只有吸收或耗散。

力，支配星际空间的，也支配了粒子。
所有的母亲只是一个母亲，
声音就是母爱，上帝的孩子正在
吃早餐，蘸着草莓甜果酱。
面包很好，我们居住其中，
所有的力只是一种力，宇宙也有欲望。

当我们散步海边，看到三叶草，
闻到咸涩的海的气息，就会朝远处察看，
船只颠簸在波浪之上如同浮标，
而世界图景开始统一起来，
这时有一种极为清晰的音乐响起。

叙述开始的时候，
生活的建构也开始了。

当我们散步海边，会情不自禁地
借着不同的星云拼凑出恒星如何形成。
随之，太阳能量的秘密
开始吐露，你会将海平面、船只和三叶草
所蕴藏的力，细加推敲。

四

我们将密度很大的恒星，
集中到一点，就会使时空极度弯曲。
所有的光都无法逃逸
无所不在引力场，虚无开始了。

那里究竟发生了什么？

诗歌与天体物理学的一个共同使命，
就是让宇宙在各种角度看起来都有意义。
宇宙为爱因斯坦而诞生，
也为我们，为更多理解宇宙的人。

一切语言都是一种语言，
那就是命运的摹写与发声。
所有能量与物质都是一种元素，
就是舞蹈着的"弦"。

从宇宙的最深处到最细微的物质，
都来自一种振动，不同的振动。
不是颗粒、不是点，而是弦，
交织成宇宙和更多的宇宙，
上下、左右和前后是不存在的，
仇恨和媾和是不存在的，
爱和冷漠是不存在的。

只有音乐，弦，和有违常规的世界，
去解决近乎疯狂的、难以捉摸的世界
与平滑的、有序的、几何模式世界之间的矛盾。
和谐，开始引领混乱。
一切混乱在更高的层面形成新的秩序。

从物理学的荒凉西部到星空花园，
在后废墟时代发现维度的废墟。
不必计算了，正确的方程式
呼之欲出，神让我们慢下来，
他的胸口隐隐作痛，试图阻止我们。

人类走得太远了，却没有
跨出人性门槛的第一步。

五

苏武沮丧了，贝加尔湖近在咫尺。
在辽阔的原野，起伏的群山，
这位伟大的汉民族使者，
正拄着一支牧羊棍，注视地平线。
他笑不出来。

现代人中的鲁莽者，一味地
寻找额外维度空间，头脑的贝加尔湖，
电磁波的涟漪，隐藏的空间，
笔直广阔的维，微小弯曲的维。
追问逃逸与重现、坍塌与隆起、崩溃与修补的成因，
神再次出现时，一定是嘴角带上嘲讽的
难以觉察的一丝微笑。
紧张的弦理论家一会儿对着哈勃望远镜沉思，
一会儿企盼将银河系改建成原子对撞机。
超对称粒子不太对称。
超级伙伴经常闹分裂。
五套弦理论居然是一个大提琴手被折射成五个。
多样性就是单一性，

因为统一的想象力如此无力。
从爱因斯坦到霍金，再到爱德华·威顿，
人的大脑只进化到能感觉三维世界，
而11维度世界，也无法靠卡—丘模型完全描述。
巨型的膜，震荡如大鼓，
也来不及将多重宇宙撞成一个。
碎裂一地的元素啊，
你的家园是否过于荒芜？

苏武失望至极。他和马其顿人梅斯·提提阿努斯的后裔，
竟然把声波当成引力，把星空和量子拆得满地都是，
而荒漠和大湖上的波纹依然无法理喻。
一棵树变成一只鸟飞去，
静就是动，吹拂就是飞翔，未来就是过去；
羊和草连成一片，风倒立，穹窿
发出乐音，歌声就是形态。
如果光高于引力，思想与物质等量齐观，
那么，宇宙大爆炸和一系列事件，
只留下无穷的回声。

没有开始的宇宙，就是没有被解释的宇宙。
苏武与梅斯·提提阿努斯无法理解，
在没有找到弦的痕迹之前，人们
为何匆忙地宣布，世界是一根弦？

蝴蝶苔藓

王君

1

满耳都是雨声——寂静似乎只喜欢
躲在暗处的蜘蛛。在狮子洞,
一只蜘蛛只用几十秒
就能织就一根闪亮的金丝。
而金丝雀趴在树冠,沉浸在
雨声里。似乎它只喜欢更大的雨声。
并且把雨声,
站成了一声清脆的鸟叫。

——水在空中,从周身向中心凝聚
然后发生为水:水汽、水雾、水珠,
水滴则是成批地出现,
一个接一个,点燃了绿的
炸药。

一群一群的翠绿、黄绿、青绿
呼啸涌入眼帘。
这是冬天,1月18日的下午
鸟叫绿盛满了水。
绿得真像刚从浩瀚的大海里爬出来的
一只湿漉漉的鸟,一张鸟形的网。

光从上方穿过网格打下来,光柱
照进幽暗之处,静,次第蔓延。
一棵树接着一棵树,
被虚空扔进了树林。
光影错乱。

有一棵树。

有一棵树死死摁住了绿的
想爆炸的欲念。
但是山色在树干和树枝的血管里
突兀，碰撞，荡来荡去
鼓胀成一个能量的中心
力蕴于一点。

心只是迟疑了一下，突然狂跳不已
血迸出火星。

洪章师兄已经远远走在我们前面
光线斑驳。乱雨眯眼。我抬头
就看见一棵树。
树根暴露、盘结在一起
并且紧紧抓住河岸，看上去
它在狂乱之中练习一种沉思的瑜伽。

有的能量聚集之后，转化为风暴，
或者云团。有的能量转化为死。
如树叶落下。
而这一棵树转化为蝴蝶：看哪
一块蓝褐色、夹杂着嫩绿的苔藓
爆炸性出现在树干分叉的地方——

肉质。滴着水。有如一只蝴蝶从枝头
活了过来，并轻盈地飞下
飞入虚空里它的肉身中。

所有感受到它的人，蝴蝶与人
都飘起来。

2
我如何描述这一刻的镜像：蝴蝶
变身为苔藓，

而苔藓在意念中飞起来。
当它诞生的时候，其实它早于
时间之前已经飞在那里。

当它飞过那里，可以理解为
一只蝴蝶的虚空，刚好装进了一个
与蝴蝶的形体一样大小的
空荡荡的壳。
同时从内心喷涌出色彩

如果它真的飞起来，到底是谁
在飞？我们从记忆之中
想象一下，究竟什么样的斑斓，
才称得上蝴蝶的美。

弄一点蓝色进来，主色应以黄为主。
在接近腹部绒毛的地方，
加一点白
白雪需要装上一个彩色的翅膀，
在翅膀上可以再涂上一些墨绿？

那么，在小脑袋上，和翅膀边缘
点缀进来的几点黑斑，是什么意思？

我们想象墨绿，世界就真的墨绿起来。
我们惊讶于黑加进了黄里面
心的调色板就那么豁然开朗。
我们从前
想到过黑色的蝴蝶
飞在黄色的麻雀堆里有多好看吗？

如果我们想要，我们还能
从虚空中创造出蝴蝶想要的一切：

数以万计的蜘蛛、飞虫、真菌
以及地衣，伞形的蘑菇

组成的蝴蝶星球。
层层叠叠的火山岩树皮
巨大的褶皱，树皮与树皮的罅隙
装满了成吨的微粒、雨水
和隐藏的蚂蚁怪兽的窝。

耀缘师说，一个树的宇宙诞生，
也可以同时被取消：
这取决于你在虚空里能走多远

就像一棵树被虚空扔进来，
也可以被扔回去。
但这不是它的死。
还会有一模一样的树
会发生，一只蝴蝶消失了
还会有第二只蝴蝶。

如果我们想让树木的星球，
以及瀑布秘境
像蝴蝶一样涂抹上黑斑点
我们同样可以获得一只更大的秘境蝴蝶。
如果狮子洞整个山岩
站起来，抖落掉身上的尘土、苔藓
和腐叶，
像一只蝴蝶飞起来
它就真的能飞起来。

3
我的身体内飞着一只活的蝴蝶。
我走来走去。
有水声溢出来。光与影
把站立者照成条栅状的光团。

一双人类的眼睛，重合的视角

最多可以是120度。
如果人类凝视一个物，最多可以框住
25度视角内的物体。
要是人类只使用一只眼，角度
要减少到60度。

试想一下，在一个小于0.01米的圆框内
被网住的只是一只0.01米的蝴蝶。
如果这个圆大了一倍，网住的
可能就是一只更大的蝴蝶。
或者是一只2米的鸟儿。
如果乘以2的次方，光影可能聚变

可能变成一条质地更紧密的光线
像蜻蜓的扇动一样
一刹那有一万次的震动，
而且密度大过了一块陨石铁。
它照见了一只踞于雪山之巅的
庞大的、天空一样的狮子。

如果我闭上双眼。把狮子和绿
还给虚空，
绿的界限也会消失。
蝴蝶跟着融入虚空，并在虚空中
像树叶一样重新生长出来
只要你需要，它就内生为

你需要的那只蝴蝶。
你识别到哪一只蝴蝶属于你的
它就是属于你的。

4
你可以像蝴蝶一样
飞起来试试看。

不需要安全带，也不需要起飞和加速
甚至不需要物理飞行。

仅仅需要的是冥想。飞
从胸腔里发射出来，沿着喉咙
冲激开整个躯壳。还陷入了颤抖。
接着，飞沿着喉咙打开了鼻腔
黏膜　青草由黄转绿
飞一个一个冒出。
不只是一只

蝴蝶飞出来，而是一片蝴蝶云
覆盖了整个树林。
也不只是一只蝴蝶
长满声带的草原，你想说的言辞
无须再次说出。
无非是一只只或花朵状或芽苞状的
蝴蝶。

其中的一只果真划开了狮子洞大海
平滑的水面，
光线的涟漪荡开去，
一千万只蝴蝶
横穿了一千万棵山石树木
你所感知到的外境
空明，摇晃，
神识的大厦仿佛要坍塌下来

然后蝴蝶飞回了你的嘴。
一切安止。

让摇动再次发生的是一片白云。
然后是无边界的
蓝，一只蝴蝶的蓝
贯穿了你的身体。
从海底打通到头顶，

路经一条飞流直下的瀑布。

然后是火。
蝴蝶的风暴汇向一个明点，
越来越集中，难受得要命——
嘭，大火在内部燃起。
蝴蝶爆炸。蝴蝶和人终于
点燃了绿。

5
天台清明。你已经可以分清
每一片散开来的碎片的光
与每一只蝴蝶之间的差别，
并捕捉到蜘蛛
在树枝和树叶之间连起的闪光的细线
一会儿明亮，一会儿隐没

神识从来都是如此自显：
圆日挂在雪霁之后的枝头
飞鸟闪现于水天一际
其实都是某一只虚空的蝴蝶在飞。

角度转动。被露水浸湿的
蜘蛛编织的墨绿色的线
与金色的光线重叠
从虚空的某个角度看，痕迹消失了。

这个时候，我已经越过了这棵树。
在寻找到耀缘师人声的地方，
进入到水势翻腾的巉岩高处。

觉受到一只蝴蝶，并未为神识所左右
或者它比神识更具有
光的力量。

它可以撞击、粉碎岩石
然后让他们成为空。
或者再次成为岩石。

它回旋在自我的深处，再深一点的
深处。
在那里它发现了一只更耀眼的蝴蝶
并取代了这只蝴蝶。它在
这只蝴蝶里穿透了山神、鸟神的
空的身体，
以及他们的众多和唯一。

在视力未及之处，蝴蝶翻飞
拐弯，进入看不见的蝴蝶秘境
它从水进入水，和水的反义，凿穿
并空置。
它把众多的蝴蝶穿透为颗粒，
然后让每一颗，颗粒。微尘。
再次成为蝴蝶折返到我的手上。

我依然清晰地记得耀缘师曾经
让一只蝴蝶扑动着
悬停在她的手上。这一刻真是让人赞叹
蝴蝶回来了。
最后一根蛛网，从大脑的深处
凭空脱落
所有的蝴蝶松开了它们的结
树枝松开了它们的勾连。
众多的树叶还原成一片树叶。
一片树叶还原成一小把光。

这是虚空界，意念的蝴蝶
飞出的蝴蝶状的光。
横条和竖条的光线出现
随着蝴蝶的变化，它们也变化为
璎珞状和鲜艳的锦缎花纹

当然，它们也可以变化为人形
鸟形和狮形。

这取决于人的本身，拥有的
是人眼、鸟眼还是狮眼
抑或是一只蝴蝶的眼睛。

伪造

江湖海

一九七六年

大地震后
距震区遥远的马头山人
也被要求
搬出瓦房住入草棚
全马头山
只有母亲任人磨破嘴皮
就是不搬
此时母亲的四个儿子
一个死因不明
一个遭人下毒夭折
剩下我和我弟
母亲不敢再有闪失
母亲自言自语

这人啊远比地震凶狠

脐带

上马头山的路
七八条
如果没有特别原因
我只走
陈家坡上一条
不只坡上
有弯筒，三月苞，野枣子
即采即食
也不只有一条水渠

可以游泳
更主要的是妈妈生前
总带我走这条路
妈妈离世后这二十多年
这段山路成为
连接我和马头山的脐带

妈妈爱呷锅巴

你是不是
到现在还以为
你的娘
说她喜欢呷锅巴
是真的
马头山人四喜
冷不丁问
我还没来得及答话
他继续说
你娘怕崽女饿肚子
让你们先呷
最后饭锅里就只
剩一点锅巴

小时候

给我吃的东西
妈妈都先尝上一口
自从小弟
被人毒死之后

纺织女工

我对老婆说
现实中走过的路
梦里走的路
若有显明的线连起来
线的阵容
该是多么的壮观
母亲在世时
我和故乡马头山的连线
可织好多件新衣
母亲离世的二十四年
我与天堂的连线
算不清可开多少纺织厂
老婆表示
愿意当一名纺织女工

感谢妈妈

我把妈妈的遗照
翻拍进手机
今晚例行出门暴走
路上亮堂多了
也不再感到孤身一人

清气

伸手端水又被烫到
随即有清气
徐徐吹上疼痛的皮肤
我暗暗地
再三叮嘱自己

千万要小心
别让妈妈老是那么辛苦
只为吹几口气
就得从天国赶来人间

妈妈的偏方

世上的药方
我只相信妈妈的偏方
她医好了
我的胃病、偏头疼
止住我断指的血
她只用柚子的空壳
和枫树的果实
又治好我的心气病
以及荨麻疹
凭两三片苦楝树皮
治愈我的疥疮
她以更神奇的偏方
治我幼年孤独
少年烦恼和青年忧伤
妈妈离去多年
她用偏方治好的病
大多不再复发
偶尔莫名地又犯了
想一想妈妈
便会很快地病除
这就是说
对妈妈的怀念
也是偏方

祈祷

一个人或站或坐或躺
有时会无奈下跪
我唯一的一次下跪
是向上帝祈祷
让我远行的母亲平安
但上帝一转身
就把她召上了天堂
那时我在北国
我跪下时看到山和树
也和我一起跪下了

写给母亲和女儿

熟悉的声音
熟悉的眼神和脚步
我常常觉得
离开多年的母亲投胎
做了我的女儿
这让我欣慰
又有些难为情

回忆一种

走在厚土上
步态迥异
打水的母亲
行到泉边
木桶落水的瞬间
她的倒影
如一道站立的水波

弯弯曲曲
延向水底的苍天

遗物

手表在走，在走
亿只乌鸦张翅
手表在走，在走
万座高山空静
手表在走，在走
时间的指尖
历史虚拟，盲聋
生命的大句号
圆满，缔造伤痕
天崩，地裂
手不见。表在走
体温和气息
恒在，回旋，轻响
和时空拧巴不清
在我枕边走了二十年
梦中听像心跳
醒时听仍像心跳
母亲戴过的
唯一的手表
我所珍藏的
唯一的遗物

删掉城市

太塞了，清理空间
还是太塞了，清除记录
我说的是微信

信息量很快超出上限
于是删除软件
三个小时后重装重登录
风平浪静四通八达
而今我每天重复这一操作
以至于回家路上
看到拥堵的车流人流
忍不住伸出食指
寻找按键删除这座城市
几小时后再装回

伪造

正午我拉上窗帘
伪造黑夜
把窗帘掀一小角
伪造灯光
我以同样的方法
伪造一个
随心所欲的世界

十三把钥匙

我有一串钥匙
共十三把
搬进新居时妻说
扔了吧
我笑着摇摇头
来此城廿年
前十年漂泊无定
租住十三处
全都是贫民窟

每次搬家
房东都没收回钥匙
十年十三把
妻以为我纪念艰苦岁月
我却感到
另有十三个家
在低矮处
灯光微弱地
为我存在

去了一趟古代

茗芝

所以

我还小
我是个女的
我是剖腹产生的
所以
跑去喝水的小狗托比
掉进湖里
我不会去救它

炸弹

爸爸看见草地

有个别致的水壶
想去捡起来
我说不能捡
可能是个炸弹
专炸有好奇心的人

安全蛋

爸比指着
一个生词：鹌鹑
教我读
然后说，鹌鹑蛋
哦，鹌鹑蛋我吃过

可一直以为
是安全蛋

脱不出

爸比接我放学
回到家里
爸比的鞋子竟然脱不出了
不会吧
爸比的脚难道
在回家的路上长大了吗

沙漠杀手

一种毒蛇
横着行走
像漂亮的海浪

只能

一路见到
档口张贴招人广告
美容师，20至35岁
洗头工，25至45岁
清洁工，35至45岁
看来我妈
只能应聘洗头工清洁工

咱家龟

菜市场的一只龟龟
如果跟别人回家
就在餐桌上面
现在跟我们回家
就在餐桌下面

笑里藏刀

老师微笑着
走进教室
老师微笑着
走到我面前
我也微笑着
心里充满了亲切感
老师微笑着对我说
茗芝同学
请把
"我不能迟到"抄30遍

缘分

我踢了一下灌木丛
踢掉一根小枝
我把它带回家
用洗手液清洗
再用一根红带子
把它系上
为什么呢
因为
我坚信它和我是有缘分的

混合双打

小狗托比
趁全家睡觉时
向老鼠学习
咬坏沙发
一早挨了我爸和我妈
一顿混合双打

啥时能做一匹野马

课间休息玩着玩着正开心
上课铃响了
上课听着听着正入迷
下课铃响了
吃饭吃着吃着正享受
被叫去弹钢琴了
钢琴弹着弹着正陶醉
被催去读英语了
英语读着读着正来劲
被打断该要洗澡了
洗澡洗着洗着正舒服
被要求去睡觉了
睡觉睡着睡着正香甜
被叫醒该起床了
啥时候能做一匹
脱缰的野马啊

保险

妈妈老爱偷看
我写的东西

我想让爸爸
给我买个
保险柜，保险房，
保险国，保险地球

征婚启事

姓名：刘托比
性别：女
年龄：2岁
品类：贵宾犬
要求对方：健康男狗
遇难时舍命救妻
联系电话：186752……

女神节

妈妈说
妇女节已叫成女神节
这就好办了
我的宠物小女神托比
今天过节了
我也过节了

去了一趟古代

我的爸爸
几天不见
回来时带给我一些
古人读的书

我的爸爸
去了一趟古代

生气

爱因斯坦好烦
我真的生他的气了
搞出那么多名言
老师让我们背
可一点也不好背

克劳迪欧·安杰里尼的诗

杨炼 译

杨炼小记：克劳迪欧·安杰里尼（Claudio Angelini）

　　2014年6月，我正在意大利"靴形"国土东侧的玛契拉塔（利玛窦的故乡）音乐节上朗诵，忽然接到克劳迪欧·安杰里尼的邮件，告知我获得了2014年著名的卡普里国际诗歌奖，这当然是好事，特别是当我上网查看此奖网站，发现在它过去三十六年的履历中，获奖者包括米洛什、沃尔科特，和老朋友阿多尼斯，更觉得有种"回家"之感。"卡普里岛"这个词，对略知欧洲历史的人，都不仅不陌生，更倾心向往，因为从古罗马帝国时起，那个地中海上以美丽著称的度假胜地，就吸引了无数皇帝、贵族、诗人、艺术家和美女，以能在那里小住为荣。其中，又以古罗马皇帝提比略为最，他在岛上一住二十年，辽阔罗马帝国任何地方来的觐见者，都必须渡海造访这个事实上的首都。只有了解这背景，克劳迪欧·安杰里尼诗中那句"专横的唯美主义者／把岛变成帝国"才有了意义。说实话，在获得过几个国际文学奖、诗歌奖之后，我对此类奖项的热情越来越小，它们的意义是什么？一种名誉？一笔奖金？但，如果能看透中国的虚荣，为什么看不透外国的？不，如果不能让诗歌穿透语言，构成诗人思想跨国界的交流，荣誉都是空的。为此，从赴卡普里领奖时起，我就准备深化这个交流的机会，不仅输出——让我的诗传递中国的文化思考，还要输入——选择若干国际作品，介绍给中文读者。当我获知克劳迪欧本人就是诗人，这想法更落到了实处。看他的简历——诗人，记者，戏剧家，长住纽约，首位向意大利听众播报"九一一"事件者，真是诗意而现实，美感兼疼痛。那么，诗呢？克劳迪欧的创作，汇合了他生活中两大元素：纽约和意大利。他的获奖诗集《Manhattan Ants》，写这座世界之都摩天大楼脚下，麇集蠕动的人群，对毕业后同样在高楼森林中讨生活的中国年轻读者，这复数的Ants（蚂蚁），简直先天吻合于他们创造的"蚁族"一词。同样，《哈德逊河咖啡馆》《致奥尔加》等，也混合着赞美、讶异、苦涩、无奈等对都市现实的复杂感觉。与纽约相对，克劳迪欧写卡普里岛的诗作，荡漾着一抹地中海神秘深邃的宝蓝（如我所说"手蘸一下，抽出就是蓝的！"）。作为卡普里国际诗歌奖的创始人和评委会主席，他对卡普里的激情溢于言表。这小岛，是美景、历史、文化、友情、爱，一句话：诗。三十六年为一个诗歌奖工作，直到把当代各语种的诗人诗作，选入奥维德、但丁、蒙塔莱们那个辉煌的"传统"，这是不是正吻合了诗不停追问、敞开人性的本意？这理解，在我《卡普里》一诗的结尾找到了回声："峭崖尽头／满月还为激情空着"。

曼哈顿蚁族

我们全是曼哈顿的蚂蚁，
没等上帝把我们还给自己，
我们已在这把自己变成神。
早上电动的噪音，
蓝调许诺你新的一天，
船头滑过无眠的
漩涡，呼吸开始了。
棕皮肤的笛音舞蹈推开
宇宙的五彩大门
迎迓你，湿漉漉的雾。
大地在这儿，陌生的，
异于所知的行星，
它悬置空中像个足球
明亮如霓虹
在单行时间的额际闪烁。
此刻，没有战争。
太阳牵着光线环绕你，
着迷于云，你认出一个天使

疾飞，穿越历史的电流：
勉力醒来，
或许朝向
华尔街的火灾：
火山准备好吞咽
经济之梦啐出
红热的沙子和污秽的手稿。
而城市此时
优雅如一年轻女子
有染色的白发
她给你的咖啡加糖，糖
亲吻的立方体，
借嘻嘻哈哈的故事打滑
喷出雨。

哈德逊河咖啡馆

好精美的银器
装饰哈德逊河
哈德逊河咖啡馆，
今夜的桌子
端给我抖颤的钴色
和剑鱼。
你和我有船
滑过的沉默，
倚着曼哈顿的天际线
捕获客户
疲惫的一瞥。
我手插裤兜
就像它们在阴影中吸纳光，
沉入
白葡萄酒杯之前
弯向性。
我们交替啜饮

嗅着香味
举杯祝愿从未
兑现的夫妻把戏。
此刻钢桥下
一只心脏
弹射器，我们品尝着自身
滑下天空，坠入
一个如此煽情的吻。

致奥尔加

你，总是你，我的伴儿，
在我船上航行远离慨叹。
你，总是你，微笑
抹平成功之梦
和命定失败的反差。
你，总是你，金水果的
春意飞扬。
呼吸的皮肤，
至晚依然粉嫩。
没你的眼睛我将怎样
那追着我的忠实的小马驹，
那命令我绕着
鞭子的
眼神？
夕阳可以是黎明，
光吹奏一支歌
点燃婚姻中的火灾。

卡普里

凌波走向提比略之晨，

灯笼导引这条船
活力更旺，我的躯体能出航。
哀怨之眼愈炽热
瞥见一对夫妇扮演着幸福。
渔灯亮着
诞生前的神秘火焰，目光闪闪
描绘海在恒星上着陆。
真的孩子聆听，合法的孩子们
准备好明晚诞生。
他们重复同样的错误
再现我们这对夫妇。
孩子从未出世，我们之内的囚徒，
分娩孩子们的孩子，
寻获自尊且屹立
对抗末日审判的黑暗
怀着赦免自己的希冀。

卡普里，诗

卡普里，诗。稍纵即逝的声音，
句子萌芽，
开口，宁谧地从寂静一跃
成绝对。诗篇逃逸
自合成的陷阱。
我奔入我们疯狂的影子
找出生之前，我曾是的那人。

蓝眼睛的岛，
你是诗，
溢出每个夏日
小广场孵化的
平淡的闲话。
卡普里，你是双岛，
缝缀的

渊薮和峰峦。
渔民的峭崖，
山民的海。
记忆之主持，
存在之晕眩。

今夜卡普里

今夜卡普里记忆繁多。
茉莉有女人香
穿着花，
光让她们乳房嫣红
从提比略上升。
专横的唯美主义者
把岛变成帝国。

倔强的卡普里。
卡普里疯狂的阁楼
凌驾法拉格廖尼礁石。
卡普里，蓝蜥蜴。
卡普里潜艇浮出海面
伴着渔火和瓜拉齐尼的歌①。
峭崖太迷人
不像真的。

卡普里，被宠坏的岛屿，
缄默自戕的墓地。
我的初夜，真静
警笛不再尖叫。
海劫持我，
它阴险的一瞬偷去了
泅渡的意义。

①瓜拉齐尼：出生于卡普里岛的意大利著名作曲家、歌唱家。

克劳迪欧·安杰里尼简介：

　　诗人兼记者克劳迪欧·安杰里尼生于意大利。他的第一本诗集《终点之前》由诺贝尔文学奖获得者萨尔瓦多·夸西莫多出版。他著有多种诗集、小说和散文，如《恶魔之眼》《我的母亲女孩》《魔环》《纽约森林》《奥巴马，一年挑战》等。他的诗集《曼哈顿诗篇》获得了卡麦奥累诗奖，他的小说《特殊病人》获得了班卡瑞拉歌剧奖，他的《西蒙涅塔的隐秘》由美国格尔尼卡出版社出版。克劳迪欧·安杰里尼和他的妻子已在纽约居住了二十年，在此期间，他担任过美国"RAI"电视台总监、意大利文化处主任、纽约Dante Alighieri学会总监，同时兼任意大利卡普里国际诗歌奖主席。他是首先向意大利观众报道纽约"九一一"事件者，这悲剧也启发了《曼哈顿诗篇》中许多作品。克劳迪欧·安杰里尼还创作了音乐剧《拿波里的奥巴马》，以及此时正在纽约上演的喜剧《披风下的我老婆》。

埃德加·李·马斯特斯的诗

凌越、梁嘉莹 译

华盛顿·麦克尼利

富有，被我的同胞们尊敬，
很多孩子的父亲，源于一个贵族母亲，
全都在镇子边那所雄伟的府邸长大。
请注意草坪上的这棵雪杉树！
我送所有男孩去了安阿伯，所有女孩去了罗克福德，
正当我的生活顺遂，变得更富有更尊贵——
晚上我在雪杉树下休息。
岁月流逝。
我送女孩去了欧洲；
她们结婚我给她们嫁妆。
我给男孩钱去做生意。
他们是强壮的孩子，大有前途犹如苹果
在展示被咬的地方之前。

但是约翰名誉扫地逃离了这国度。
珍妮死于难产——
我坐在雪杉树下。
哈利在一次放纵后自杀，
苏珊离了婚——
我坐在雪杉树下。
保罗因用功过度而致残，
玛丽因爱上一个男人而患上自闭症——
我坐在雪杉树下。
一切都过去了，或者折了翼或者被生活吞噬——
我坐在雪杉树下。
我的内人，他们的母亲，也被带走——
我坐在雪杉树下，
直到九十岁的丧钟响起。
噢母性的土地，摇撼着落叶去酣眠！

玛丽·麦克尼利

过路人，
去爱就是通过你深爱的人的灵魂
找到你拥有的灵魂。
当那深爱的人从你的灵魂中撤回它自己
你就会失去你的灵魂。
如经上所说："我有一个朋友，
但我的忧伤没有朋友。"
因此我在我父亲家独居了漫长年月，
试图让我自己缓过劲来，
并将我的忧伤变成至高无上的自我。
但是我父亲带着他的忧伤，
坐在那棵雪杉树下，
那最终浸入我心的画面
带来无穷尽的静谧。
哦，犹如夜来香般使生命
芳香而洁白

从大地阴郁的黑土壤中
你们永获安息！

丹尼尔 · 艾姆·坎伯

当我去往这个城市的时候，玛丽·麦克尼利
我是为你而回，这一点确凿无疑。
但是劳拉，我房东太太的女儿，
不知怎的偷偷溜进我的生活，虏获我。
接下来好几年后我又碰到
奈尔斯来的乔尔妗·迈纳——
一个自由恋爱的萌芽，傅立叶主义者花园战争前
繁盛于俄亥俄州。
她的"备胎"已尽力取悦于她，
然而为了健壮和慰藉，她转向我。
她如此多愁善感
当她投入你的怀中，
立刻用她流涕的鼻子使你的脸黏滑，
并在你身上排空它的精髓；
然后一下咬着你的手并弹跳开去。
你站着流血并嗅到天堂的气味！
玛丽·麦克尼利，为什么我不能
去吻你礼袍的绲边！

埃德加·李·马斯特斯简介：

　　美国诗人，小说家。1898年开始以不同笔名在芝加哥报纸上发表诗歌，以1915年出版的现实主义作品《匙河集》成名。马斯特斯是个高产诗人，除了成名作《匙河集》外，还著有诗集《新匙河集》（1924年）、小说《米奇·米勒》（1920年）、传记《林肯其人》（1931年）、自传体小说《匙河对岸》（1936年）等50余部。

菲力浦·雅各泰的诗

宇舒 译

播种期新记

如今，土地揭开面纱
灯塔般旋转的日光
让树时而玫瑰色，时而黑色。
之后它以轻柔之墨，书于草场。
一个傍晚，绿色和黑色
（前夜雨的颜色），
的大花园里，日光更长。
球体太早显露。
而在树枝间的鸟窝里
珍珠的歌声出现，
像灯油，
在这盏微弱的黑灯之中轻轻地燃，
或者，连月亮也张开嗓
来向路人，预言五月之夜

消失的白杨

飓风吹光落叶。
我沉睡着。我，温和的眼中有着雷电。
丢下那让我颤抖的大风吧，
聚合在我相信的那片土地。
它的风，磨利了我的浮标。
是纷争，是来自肮脏阶层
的诱饵中间的凹洞。
一把钥匙将是我的住所
心证实了，一束火的假
空气则把那假，关在温室里

第三组5首

一个人的编年史：一九八八年 | 阿吾

一九八八年
我研究生毕业
参加工作
每月工资97元
这份收入
是工人阶级中的高薪
我偷着笑了三个月
便在物价飞涨中欲哭无泪
这年底
人们用洗脸盆抢醋
用水缸抢酱油
抽屉里装满了味精
我的父亲

在水泄不通的人群中
抢回家30块肥皂
三年前整理他的遗物
还剩有两块半

黑着脸 | 西毒何殇

一对黑人情侣
在东京街头
发生了争执
大清早
他们僵持在树下
黑着脸

谁都不理谁

赞美有什么用 | 三个A

十多年后
再次遇见
她看起来
依然像是
十八岁
皮肤看似
更富有弹性
更加白嫩
我从上到下
仔细打量
都不敢相信
她已是两个
孩子的妈
就在我刚要
进一步赞美
便又想到
她保养得
这么好
肯定因为
嫁对了一个
好男人

加勒比海煎饼侠|苏不归

十年前
在加勒比海边
排队吃早餐
摊主是一位当地老妇人

一边打鸡蛋
一边对我说
你是个适合早结婚的人
口吻像个占卜大师
我听完笑了
几天后
我差点淹死
被一个白人
和三个黑人救上了岸
再过几个月
我就要结婚了
我真想重返那片
天堂般的沙滩
让她再做一个煎饼
并且告诉她
你算得真准

友谊商店，1975年 | 唐欣

友谊商店　本来　中国人是不能
进去的　但是　当它的服务对象
外国朋友到来的时候　又需要
有一些同胞在场　以营造友好的
气氛　这天有个北京人　就趁此
机会　买了三双尼龙袜子　他应该
再悄悄退回来的　但他出门登上
公共汽车　回家去了　他的高兴
没能维持多久　很快　有关部门
找到了他的单位　袜子当然
被收回了　他还背了一个处分